FEDERICO Y SU DUENDE

FREDERICK AND HIS GOBLIN

Descubre el MÉTODO DE LAS HISTORIAS BILINGÜES para mejorar rápidamente tu nivel de inglés y encuentra con Federico al héroe o heroína que llevas dentro… Ideal para personas con mucha imaginación.

PILAR BELLÉS PITARCH

Otros libros de Pilar Bellés Pitarch.

"Telling a tale / Contemos un cuento". (Colección de cuentos plurilingües adaptados a los centros de interés de Infantil 4 y 5 años).

"Cuentos plurilingües para trabajar valores y para días especiales" (Temas transversales: Día la paz, día del árbol, Halloween...).

"¿Cómo hacer alumnos creativos?" (Colección de cuentos plurilingües para desarrollar la creatividad y, a la vez, trabajar valores). Hay cuentos para cada nivel desde Infantil hasta tercer ciclo de Primaria.

"No dejes que crezca sin la magia de los cuentos... según lo que quieras transmitir, elige un cuento y... cuéntaselo". Es una alternativa a los cuentos tradicionales, con personajes actuales y valores actuales.

http://pilarbellespitarch.bubok.com
http://stores.lulu.com/bellespitarchathotmaildotcom

Copyright by Pilar Bellés Pitarch
ISBN de libro en papel: 978-84-614-2202-9
ISBN de e-book: 978-1-291-61155-7
Depósito legal: TE- 117-2010
Registro de la propiedad intelectual: 09/2009/1818

INNOVACIONES DIDÁCTICAS de Pilar Bellés Pitarch

1. Propuestas didácticas innovadoras sobre **cómo enseñar un mismo cuento en todas las lenguas del currículum (castellano, inglés y, si la hay, la lengua de la comunidad autónoma).** De este modo haremos alumnos competentes en todas las lenguas desde infantil.

2. Los cuentos de Pilar Bellés son **una alternativa a los cuentos tradicionales** que siguen usándose en nuestras aulas. Ya va siendo hora de cambiar los cuentos de siempre por cuentos actuales con valores actuales, ¿Quién puede ser mejor protagonista de un cuento que el propio niño?

3. **El método de las historias bilingües** como técnica para perfeccionar el nivel de inglés. Da gran resultado con personas muy creativas.

EL MÉTODO DE LAS HISTORIAS BILNGÜES (PARA APRENDER INGLÉS)
De Pilar Bellés Pitarch
Consiste en utilizar una historia bilingüe intrigante como "Federico y su duende/ Frederick and his Goblin" para sacar el vocabulario nuevo y aprenderlo.

La autora ha creado estas historias bilingües para que toda persona aficionada a leer y con mucha imaginación pueda aprender inglés disfrutando.

El secreto: una historia tan intrigante que hace que disfrutes mientras lees y que, cuando lees, te olvidas de que estás aprendiendo lenguas, y también te olvidas de la lengua en la que lees. Sólo te preocupas de gozar de la historia. Cuando te das cuenta, ya estás pensando en inglés... ya no puedes parar.

Metodología:

Hay una parte de aprendizaje consciente, memorizar vocabulario, y otra inconsciente, disfrutar leyendo. Si quieres avanzar rápido, hay que combinar ambos aprendizajes.

Innovación:

Como innovación a las lecturas tradicionales, Pilar Bellés introduce la combinación: leer un capítulo en español y el siguiente en inglés, alternando... luego al revés.

Combinación de este método con los ya existentes:

Este método ha de usarse en combinación con los ya existentes. No olvidemos que para aprender una lengua se ha de avanzar paralelamente en estos cinco aspectos: leer, entender, hablar, escribir y conversar.

Objetivos:

1. Pensar en lengua extranjera del mismo modo que pensamos en la lengua materna.
2. Transferir competencias y conocimientos de una lengua a otra.
3. Adquirir competencia comunicativa en ambas lenguas.
4. Perder el miedo a todo aprendizaje nuevo por difícil que sea.

Competencias:

1. Lingüística: leer, entender, escribir...
2. Social y ciudadana: conocer historias parecidas a la realidad.
3. Aprender a aprender: usando esta técnica se puede aprender solo en casa.

Contenidos:

Las diez historias bilingües.

Actividades:

Primera lectura:

1. Primer capítulo: leer en castellano para conocer los personajes y su entorno.

2. Segundo capítulo.

a) Leer en inglés, subrayando las palabras desconocidas.

b) Buscar las palabras desconocidas al diccionario o a la traducción en español.

c) Se hace un listado inglés-español con las palabras nuevas y se memoriza. Es importante memorizar la pronunciación en inglés, la escritura en inglés y la traducción. Para memorizar la escritura en inglés se dice letra a letra. Ejemplo: *book, b, o, o, k.*

d) Se vuelve a leer en inglés.

En caso que por el nivel de inglés no se pueda abarcar todo el capítulo, se puede hacer lo mismo página a página. Al final leer todo el capítulo seguido.

3. Tercer capítulo: leerlo en castellano.

4. Cuarto capítulo: igual que el segundo capítulo.

5. Quinto capítulo: leerlo en castellano.

6. Sexto capítulo: igual que en el capítulo segundo.

7. Séptimo capítulo: leerlo en castellano.

8. Octavo capítulo: igual al capítulo segundo.

9. Noveno capítulo: leerlo en castellano.

10. Décimo capítulo: igual al segundo capítulo.

Segunda lectura:
1. Primer capítulo:
a) Leer en inglés, subrayando las palabras desconocidas.
b) Buscar las palabras desconocidas al diccionario o a la traducción en español.
c) Se hace un listado inglés-español con las palabras nuevas y se memoriza. Es importante memorizar la pronunciación en inglés, la escritura en inglés y la traducción. Para memorizar la escritura en inglés se dice letra a letra. Ejemplo: *book, b, o, o, k.*
d) Se vuelve a leer en inglés.
En caso que por el nivel de inglés no se pueda abarcar todo el capítulo, se puede hacer lo mismo página a página. Al final leer todo el capítulo seguido.
2. Segundo capítulo: leerlo en castellano.
3. Tercer capítulo: igual que el primer capítulo.
4. Cuarto capítulo: leerlo en castellano.
5. Quinto capítulo: igual que en el primer capítulo.
6. Sexto capítulo: leerlo en castellano.
7. Séptimo capítulo: igual que el primer capítulo.
8. Octavo capítulo: leerlo en castellano.
9. Noveno capítulo: igual al segundo capítulo.
10. Décimo capítulo: leerlo en castellano.

Tercera lectura:
Leer todos los capítulos en inglés. Ya estás en condiciones de hacer resúmenes, comentarios...

ÍNDICE (p. 11).

CONTENTS (p. 107).

1. ¿QUIÉN ERA FEDERICO?

Según sus padres Federico fue el bebé más guapo y deseado del mundo. Damián y Matilde, sus padres, no estaban sobrados de dinero, él era ordenanza en el ayuntamiento y ella secretaria del mismo. Cuando Federico nació, Matilde pidió una excedencia en el trabajo para estar con el niño. Damián comenzó a tener un segundo empleo de camarero para sacarse un sobresueldo los fines de semana. Todas sus ilusiones y ahorros iban a parar al niño.

Cada Navidad media tienda de juguetes se amontonaba a la habitación del niño. Él crecía y cada cumpleaños, tal como se sumaba una velita más a la tarta, el regalo era mayor tanto en coste como en tamaño. A la hora de soplar las velas, Federico cerraba los ojos y se concentraba con todas sus fuerzas en un único deseo: «Quiero soñar».

—Quiero ser astronauta —le dijo a su padre.

Éste le compró una nave espacial fabulosa con luces rojas y amarillas y unos tipos verdes que incluso decían unas palabras. Federico fue astronauta y se cansó de oír todos los días las mismas palabras. Dejó de sonar con ser astronauta.

—Quiero ser médico.

Federico soñó con ser médico. Sus padres le compraron el equipo completo: camillas, enfermeras y jeringas. Se cansó pronto de ser médico y dejó de soñar.

Más adelante soñó con ser piloto. Tuvo de todo y dejó de soñar. También con ser domador. Todos sus sueños acababan igual.

Con la primera Comunión a su amigo José Damián las abuelas le regalaron su primer ordenador. Federico no podía ser menos, también tuvo el suyo, aunque sus padres lo tuvieran que pagar a plazos. Los dos fueron a una academia a aprender informática. Federico demostró gran talento, podía llegar hasta límites insospechados. Cuando a sus padres se les bloqueaba un programa y no sabían cómo solucionarlo, Federico se lo solucionaba. Su padre estaba muy orgulloso y, en la medida de sus posibilidades, procuraba que su hijo tuviera lo último en informática.

A Federico también le gustaban los juegos de consolas y de ordenador. El niño pedía y los padres, en cuanto podían, le compraban. Federico era muy diestro en pasarse todas las pantallas de los juegos. Le ganaba incluso a su padre que era gran aficionado a estos.

Llegaron unos extraños feriantes a la ciudad con motivo de las fiestas. Federico y sus padres se acercaron a la feria y pasaron una agradable tarde en familia, merendaron churros y, cuando ya se iban, un mago extraño vestido de payaso les vendió un juego de ordenador.

—Vengan y prueben lo nunca visto en juegos de ordenador —gritaba el mago—. Usted lo prueba en su casa. Si no queda convencido, mañana le devolvemos el dinero.

Compraron uno, fueron a casa y lo instalaron al ordenador. Intentaron abrirlo pero no respondía.

—Vaya estafa —dijo papá—. Mañana lo devolveremos.

Al día siguiente fueron y el mago ya no estaba. Como poco se podía hacer, dejaron el disco en un cajón y se olvidaron de él.

Aquella noche, mientras Federico intentaba dormirse, «Necesito soñar», pensó. Y el ordenador se puso en marcha sólo.

—Algún pirata informático habrá entrado en mi ordenador —dijo el niño.

Se levantó y lo desenchufó de la luz. Se acostó. Intentó dormirse. Instantes después, el ordenador se volvió a poner en marcha.

—¡Papá!

Cuando su padre llegó y le contó lo que le había ocurrido no se lo creyó.

—Habrás estado soñando. ¿Cómo va a ponerse en marcha un ordenador estando desenchufado? Acuéstate y a dormir.

Como no podía dormir, Federico volvió a poner el juego que habían comprado a la Feria. Lo probó e iba. Era un juego para desarrollar la inteligencia y la imaginación. Federico encajó perfectamente en el juego y consiguió pasarse las veinticinco pantallas hasta que llegó a una pantalla que ponía «¿Quieres hacer tus sueños realidad?» Federico hizo clic rápidamente en «Aceptar». «¿Cuál es tu sueño?» Federico escribió «Me gustaría tener un duende que me ayudase a soñar, a ser especial, a vivir una aventura distinta cada día».

Federico volvió a pinchar «Aceptar». Estaba convencido de que lo que acababa de escribir no entraba en el programa pero, sorprendentemente, el programa continuó. Le pidió una clave secreta. El escribió «Necesito soñar».

2. EL DUENDE

Al día siguiente, cuando tuvo un rato por la tarde, como Federico no estaba demasiado seguro si aquello del duende y de la clave secreta era sueño o realidad, enchufó el ordenador y puso el programa de la feria otra vez. En lugar de comenzar por la primera pantalla del juego, le pidió la clave secreta.

«Necesito sonar», escribió.

Apareció un cuadro de escribir. Federico escribió en él.

«Tengo muchas preguntas».

Luego pinchó «Aceptar».

En la pantalla aparecieron tres luces: roja, amarilla y verde. También las instrucciones de uso del programa.

«Puedes preguntar lo que quieras; si es verdad, luz verde; si es mentira, luz roja; si tengo dudas o no lo sé, luz amarilla».

Federico tenía sus dudas de que aquello pudiera ser cierto pero, no dejaba de gustarle y siguió. Aquella tarde fue maravillosa para Federico.

«¿Prometes decirme la verdad en todo?»

Luz verde.

Después de preguntar las muchísimas dudas que tenía, el juego de las luces dejó de parecerle emocionante. Dejó de soñar.

«Si de verdad eres un duende, quiero que salgas del ordenador a hacerme compañía, quiero verte y hablar directamente contigo. ¿Puedes hacerlo?»

Luz amarilla.

«¿Puedo contarles a mis padres que hemos estado hablando?»

Luz roja.

«Está bien. Será nuestro secreto. Adiós».

El niño no podía dormir. No dejaba de pensar en lo que había pasado. Pensaba: «no sé si lo que he visto es un sueño o una realidad, pero yo...».

—Necesito soñar —dijo Federico en voz alta.

El programa de ordenador se puso en marcha sólo con su voz. Una imagen borrosa aparecía y desaparecía.

—¿Quién eres? —preguntó el niño—. Y no intentes hacerme nada o llamo a mi padre.

—Tu padre no puede verme —dijo una voz fina—. Soy un duende. Soy mágico. He aparecido porque tú necesitabas soñar.

—Bueno —dijo el niño incrédulo—. A ver qué sabes hacer.

—Tú primero.

El duende le explicó que una vez fue humano y quiso desaparecer porque su existencia era insustancial. Quería algo más. Un mago lo encerró en ese juego de ordenador y lo dejó allí hasta que alguien realmente necesitado de soñar lo comprase, alguien dispuesto a ser sus manos y su voz para solucionar los problemas del mundo.

—¿Ese soy yo? ¿Estás de broma? —dijo el niño.

—No.

—¿Qué tengo que hacer yo?—preguntó el niño.

—Mira, Federico. Puedes llamarme Genio, para entendernos. Yo puedo conocer todo sobre cualquier persona pero no puedo hacer nada. No puedo usar mis manos y si se me ocurriera aparecer ante alguien, soy tan extraño que seguro llama a la policía.

—Quiero verte —dijo Federico.

—No —dijo Genio—. Te reirías.

—Te prometo que no me reiré. He mantenido nuestro secreto ¿no?

Genio se mostró tal y como era en la pantalla del ordenador. Era una silueta verde amorronada, bajo y delgado. Federico alargó la mano para tocar la de Genio. Sintió algo extraño al tocarlo. Genio se contrajo un poco pero no dijo nada. Genio salió y se quedó de pie encima del escritorio, al lado del ordenador. Tenía una voz chirriante.

—Siento estar desfigurado —dijo Genio—. Llevo mucho tiempo encerrado.

—No te preocupes —dijo Federico— Deseo que seas un bonito duende.

Genio cambió su apariencia. Se convirtió en un guapo niño duende con el pelo violeta.

—¡Vaya! —dijo el niño—. No somos tan diferentes. ¿Podremos ser amigos?

—Ya somos amigos —dijo Genio—.Tú eres mi amigo esperado, juntos ayudaremos al mundo. Tú serás mi voz y mis manos y yo te protegeré para que nada malo te ocurra.

—¿Y los deberes? ¿Y la escuela? ¿Y mis amigos? —preguntó Federico.

—Todo seguirá igual, incluso mejor.

La entrada inoportuna de su madre para recordarle algo para el día siguiente lo sorprendió y Federico se enfadó.

—¿Te acuerdas? Mañana tienes que llevar…

—Te he dicho mil veces, mamá que llames a la puerta antes de entrar a mi habitación. ¡Aquí no hay intimidad, ni nada! —dijo el niño enfadado.

—Perdona, con las prisas… A veces olvido que te haces mayor.

—No pasa nada, pero llama. ¿Me has oído ensayar?

—No, no se oía nada —dijo la madre—. Debes apagar el ordenador y leer un poco.

—De acuerdo —dijo Federico.

Cuando salió su madre. Federico suspiró de alivio. De pronto, vio al duende encima de la mesa del escritorio donde se había quedado antes.

—Ella no puede verme ni escucharme —dijo el duende—. Sólo puedes tú. No hace falta ni que uses la voz. Me puedo comunicar contigo a través de tu mente.

—Adiós, Federico —dijo Genio—. Debes hacer caso a tu madre. Cuando quieras verme ya sabes la contraseña.

—Hasta mañana, Genio. Buenas noches —decía el niño mientras se quedaba dormido.

A pesar de no haber dormido casi, al día siguiente se sentía como nuevo. Como si fuese otra persona. No pudo hablar con Genio por la mañana porque su madre no paraba de entrar y salir. Fue al colegio y al campo de fútbol. No paró de hacer cosas en todo el día. Por la noche, se encerró en su habitación y pensó «Quiero soñar».

—¿Qué tal el día? —preguntó Genio al tiempo que aparecía en la pantalla del ordenador.

—El mejor día de mi vida. Todo me ha ido fantástico. He jugado con mis compañeros como nunca. Hasta las clases han dejado de parecerme aburridas.

—Normal. Si apartas de ti todos los sentimientos negativos, tú te sientes bien contigo mismo y eres feliz.

—Gracias, Genio —dijo Federico—. El mundo es un lugar maravilloso para vivir. ¿Dónde están los malos que teníamos que atrapar?

—Todo lleva su proceso —dijo Genio—. Hasta el agente 007 tiene sus armas secretas.

—¡Adelante!

—Primero el juramento —dijo Genio—. Repite conmigo: «Yo me comprometo a servir al bien».

—«Yo me comprometo a servir al bien» —repitió Federico—. Y ahora repite tú: «Yo me comprometo a proteger a Federico en todo momento».

—«Yo me comprometo a proteger a Federico en todo momento» —repitió Genio—.Ya te he instalado unos implantes mágicos. Observa tu collar y tu pulsera en la mano derecha, son símbolo de nuestra alianza. Sólo los puedes ver tú. A partir de ahora sólo vives para ayudar a quien te necesite. Yo me comunicaré contigo a través de ellos, te reclamaré cuando alguien necesite ayuda, tú tendrás que acudir. Buscar una excusa en lo que estés haciendo y acudir. Si tú necesitas de mi magia, clava una uña en nuestra alianza y yo te ayudaré.

—¿Cómo nos hablaremos? —preguntó Federico—. No puedo cargar el ordenador a todas partes.

—El ordenador lo usaremos sólo para mostrarte imágenes. Como ya llevas los implantes, me escucharás directamente en tu cabeza.

—Y me pueden ver hablando solo...

—Nadie te verá hablando solo —dijo Genio—. A partir de ahora me comunicaré directamente con tu mente. Basta con que pienses algo, yo lo escucho.

—Bueno, Federico, he de hacerme invisible —dijo Genio—.Ya he agotado mi tiempo de permanencia material en este mundo. Ya no me verás más. Mi silueta se descompondrá para siempre. Me seguiré comunicando contigo a través de tu mente. Recuerda, cuando necesites de mi magia, clava la uña al collar o a la pulsera.

—No lo entiendo —dijo Federico disgustado—. Ahora que había encontrado un amigo especial y era muy feliz ¿por qué tienes que irte?

—Voy a vivir a través de ti.

—¿Hasta cuándo? —preguntó Federico inseguro.

—No te preocupes. Cuado sea el momento de irme definitivamente, lo sabremos —dijo Genio—. Grandes aventuras nos esperan. Ahora tienes que dormir.

Entró su madre para darle las buenas noches.

—Mira, ¿te gusta mi collar? ¿Y mi pulsera? —preguntó Federico para comprobar si su madre podía ver sus implantes.

—¿Qué collar? ¿Qué pulsera? ¿Me estás tomando el pelo, verdad? No llevas nada en el cuello ni tampoco en la muñeca, creo que ya va siendo hora de dormirse.

Federico se dio cuenta que su madre no había visto ni oído nada. Se limitó a darle las buenas noches como siempre.

Aquella noche Federico estaba muy nervioso. Miraba los objetos de su habitación y no le gustaba, parecía la habitación de un bebé. Le era difícil distinguir entre fantasía y realidad. No le encajaban las piezas en su cabeza. De repente le invadió una inmensa angustia al pensar que Genio se habría podido ir para siempre. Apretó con la uña la pulsera de su brazo derecho; como estaba nervioso apretó dos o tres veces más.

—Sólo se aprieta una vez —oyó en su cabeza—. ¿Ya no recuerdas qué ocurre cuando clicas a un programa de ordenador varias veces seguidas?

—¡Que se bloquea! —dijo Federico—.Tú no eres un programa de ordenador, eres mi amigo.

—Por desgracia, ambas cosas —dijo Genio—. ¿Qué querías?

—¡No te vayas! ¡No puedo dormir! ¡Hazme compañía!

—De acuerdo —dijo Genio—. Te seguiré hablando hasta que te duermas.

3. LA MEJOR MADRE DEL MUNDO

Aquella noche, acostado en su cama, Federico trataba de poner en orden las piezas de aquel rompecabezas. Pensaba: «Genio no parece malo. Tampoco está mal esto de hacer mis sueños realidad o lo de ayudar a la gente. Pero, ¿quién me va a ayudar a mí? Yo también necesito ayuda. Mi madre es la mejor del mundo. Pero vive obsesionada, me sobreprotege tanto que me causa angustia. Me gustaría hacer tantas cosas... Las cosas materiales no siempre son suficientes. También me gustaría pasar más tiempo con mi padre, que me llevara al campo de fútbol, que trabajase menos y pasase más tiempo en casa. No sé, irnos de excursión los tres (mamá, papa y yo). A la escuela tampoco me van las cosas bien. Hay mal rollo con los amigos desde que se enteraron de lo de David por boca de José Damián. Aunque jugamos todos juntos otra vez, las cosas ya no han vuelto a ser como eran. Querría que comprendieran que lo que le ocurrió al pobre David no fue culpa de mi madre. Antes me gustaba mi familia, mi habitación y mi escuela, pero ahora, no sé... Me siento muy solo».

—No estás solo —dijo la voz chillona de Genio a la que Federico aún no se había acostumbrado—. ¿Ya no recuerdas que yo prometí ayudarte siempre que me lo pidieras?

—Sí —contestó Federico—. Mañana hablaré con mis padres y con mis amigos y trataré de hacerlos razonar.

—No es necesario —interrumpió Genio—. Esta noche habéis hablado en sueños y creo que ya han entrado en razón. Mañana notarás el cambio. Ahora, a dormir.

Al día siguiente, Federico fue despertado una hora antes de que sonara el despertador.

—Venga, arriba, ¡levántate!

Federico lanzaba puñetazos al aire tratando de cazarlo.

—Déjame dormir.

Genio no paró de hablarle hasta que lo hubo despertado.

—Comenzaremos por decorar tu habitación a tu gusto —dijo Genio.

—¿Cómo? ¿Con qué?

—Vamos a quitar todos estos peluches de bebés y todo lo que no te gusta ya. Lo pondremos en una caja de cartón. Luego lo sustituiremos por esos pósters que tanto te gustan, coches, cantantes de moda y cosas de informática.

—¿Has dicho «vamos»? —dijo Federico—. Tú también.

—Ya sabes que no puedo trabajar. Sólo hacer magia. Yo te iré diciendo dónde poner las cosas.

—¡Qué morro tienes!

Como hubieran hecho dos compañeros de habitación, Federico y Genio ordenaron la habitación y buscaron el lugar más adecuado para cada cosa.

—¡Buen trabajo! Parece imposible el trabajo que hemos hecho en media hora. Gracias, Genio.

—De nada —respondió Genio—. Mira la pantalla del ordenador, tengo otra sorpresa para ti.

En la pantalla aparecieron sus padres. Tenían una conversación muy interesante. Hacía mucho tiempo que la tendrían que haber tenido.

—Finalmente han entrado en razón.

—Ahí viene tu madre para despertarte —dijo Genio—. No te olvides de pedirle que te deje ir a la acampada del fin de semana. ¡Buena suerte!

Federico que aún llevaba el pijama, apagó la luz, se tumbó en la cama y fingió dormir.

—¿Qué haces despierto a estas horas?

—preguntó la madre nada más encender la luz—. ¡Vaya! ¡Menudo cambio!

—¿Te gusta?

—Sí, me gusta mucho. ¿Cuándo has hecho esto?

—Esta mañana que me he despertado temprano. Ahí tienes la caja de muñecos y juguetes.

Mamá salió corriendo y se trajo a papá de la mano para enseñarle su habitación. Los dos le felicitaron por el cambio.

—Hijo, esta noche hemos estado hablando —dijo su padre—. ¿Te acuerdas de aquel trabajo de camarero que hacía por las noches y los fines de semana para ganarme un dinero extra? —al ver que Federico decía que sí con la cabeza, continuó— hemos estado hablando que económicamente ya no nos va tan mal, ya hemos acabado de pagar la casa y todo lo que debíamos. Ahora podré estar más tiempo en casa. Los sábados y domingos podremos ir al fútbol y entre semana iré a verte entrenar o a recogerte cuando acabes, si te decides apuntarte al fútbol, claro.

—¿De verdad?
—Sí.
—¿Y podré irme de acampada el próximo fin de semana?

—Sí —dijo su madre, y continuó—. Papá y yo, desde que naciste, no hemos hecho otra cosa que protegerte para que no te pasase nada... Ahora me doy cuenta que he llegado a agobiarte...

—No pasa nada, mamá. Pero yo puedo apañármelas solo... ¿Qué querías decirme?

—Mamá quería decirte que está haciendo unos cursillos y pronto volverá a trabajar para el ayuntamiento —intervino su padre.

—¡Bien! ¡Genio tenía razón!

—¿Quién es Genio?

—Nada. Un sueño que he tenido...

—Una cosa más —dijo Federico—. ¡No me vuelvas a abrazar delante de mis amigos!

—Ahora no están tus amigos... Podemos abrazarnos...

Federico abrazó a sus padres antes de irse a la escuela. Estaba satisfecho y liberado de haber expresado, por fin, su opinión: desde hacía tiempo quería decirle a su madre que era demasiado mayor para llevarlo de la mano al colegio y también para darle besos y abrazos ante sus amigos...

1. L PERRO: EL MEJOR AMIGO DEL HOMBRE

Cada día que pasaba, Federico estaba más integrado en el grupo de clase. Solía traerse compañeros y compañeras a jugar a casa o para hacer algún que otro trabajo. Se había apuntado al equipo de fútbol y, aunque ganaban de tarde en tarde, se lo pasaban fenomenal, especialmente desde que su padre iba a verle jugar. Su mejor amigo era José Damián, un muchachote alto y regordete que casi siempre vestía chándal. Federico, por el contrario, era bajo y delgado pero mucho más fuerte que José Damián. Por otro lado, estaba su amigo Genio, aquel duendecillo, que era en realidad un programa de ordenador, que se comunicaba con Federico a través de su mente.

Una noche estaba Federico haciendo los deberes y notó que la pulsera le apretaba al brazo. El programa Genio se abría.

—Debes ayudar a tu amigo José Damián —le dijo Genio sin reparar en que lo estaba interrumpiendo.

—¡Ahora no puedo! —murmuró Federico—. ¿No ves que estoy ocupado? He de presentar esta lámina para mañana. Son las nueve de la noche. Tengo exámenes.

—Está bien —dijo Genio—. Hagamos un trato. Tú me ayudas a solucionar el problema del perro de tu amigo y yo te ayudaré con el dibujo.

—¿Cómo?

—Mi magia funciona a través de tus manos ¿recuerdas?

—Está bien —dijo Federico—. ¿Le ha pasado algo a Bobby?

—Le pasará si no nos damos prisa en actuar —respondió Genio—. Pon el ordenador en marcha. Veremos cómo están las cosas a través de la pantalla.

.   .   .

Todo había empezado en casa de José Damián con aquel regalo de reyes que tanta ilusión hizo al niño: un cachorro de perro. Era un animalito de lo más tierno, con el pelo marrón claro y con unos ojos de pillín que nadie podía evitar la tentación de cogerlo en brazos y acariciar su tierna cabecita.

María, la madre de José Damián, pretendía que el animal se quedara al jardín en una pequeña casita de madera que le habían comprado, pero no lo consiguió. Bobby, que así se llamaba el cachorro, se convirtió poco a poco en el dueño de la casa.

Al siguiente invierno Bobby se acostumbró a ver la televisión en brazos de algún miembro de la familia o sentado en un hueco que le hacían al sofá o calentándose junto a la estufa arrollado a los pies de sus seres queridos. También llegó hasta la habitación de José Damián donde se le tuvo que improvisar una cama con un cojín en una cesta de mimbre a fin de evitar que el cachorro durmiese en la cama del niño. José Damián se llevaba a su perrito al parque y a casa de sus amigos, presumía de perrito ante sus amigos.

Las siguientes vacaciones de verano, Bobby, que seguía siendo un cachorro bonachón y adormilado en su cesta de mimbre, veraneó con la familia en su casa de la playa. Cuando iban a comer a un restaurante, María metía al cachorro adormilado dentro de una bolsa abierta por la parte de arriba y el animal permanecía quieto allí el tiempo necesario. Las amigas de María alucinaban.

—¡Qué animal tan dócil!

Llegó el otoño. El jardín de José Damián, que era parecido al de Federico, se llenó de hojas secas de los arbustos. La casa se llenó de los pelos de Bobby que se caían en abundancia. Todas las desgracias vinieron juntas para el pobre animal. A Bobby se le culpaba de mudar de pelo, de crecer tan de prisa, de no caber ya en la cesta, de dejar de ser agraciado, y de que su instinto animal le impulsara a destrozar todo lo que pillara.

José Damián le cogió manía porque le mordía los libros, le escondía los zapatos, y se colgaba de las cortinas de su habitación agujereándolas a mordiscos, luego la bronca era para José Damián por dejarle entrar.

En el salón, a pesar de que María pasaba la aspiradora todos los días, el sofá y la alfombra estaban siempre llenos de pelos. Las cortinas hechas de encaje de bolillos que María había conservado impecables durante más de quince años, aparecieron todas rasgadas ya que Bobby las usaba para afilar sus colmillos...Bobby fue pillado y desterrado al jardín.

—¿Cómo es que yo no sabía nada de esto? – preguntó Federico.

—Porque tu amigo José Damián es muy orgulloso y había usado el perro para fanfarronear ante sus amigos. Ahora no quería contaros lo que le pasaba por miedo a que os rierais.

Castigado y atado en el jardín, Bobby hizo añicos la preciosa casita de madera que le habían comprado, también destrozó el colchón que le pusieron para dormir. El pobre animal, acostumbrado a la libertad y a las caricias de sus seres queridos pasó de tenerlo todo a no tener nada. Estaba atado en un rincón, fuera de la vista de la gente, con sólo un bote para comida, otro para agua y un poco de tierra para esconder sus excrementos.

Al principio de su destierro, Bobby aún tenía alguna visita. Sentían lástima por él y aún se le acercaban a hacerle alguna caricia. Pronto se acabaron las visitas. De lejos le tiraban la pelota, mientras iba a cogerla, le tiraban comida y agua una vez al día. Él saludaba «Guau, guau» y ellos contestaban «Hola, Bobby» o «Adiós Bobby».

Bobby crecía, se hacía enorme y cada vez reclamaba más comida. María se quejaba de que consumía más aquel animal que la familia entera. Ya no quedaba sitio al jardín para enterrar excrementos. Olía mal. Los vecinos ya empezaban a murmurar.

Se repartieron obligaciones: mamá le daba de comer, papá le sacaba los excrementos y José Damián lo sacaba a pasear y lo llevaba a una de esas plazas especiales para que los perros hagan sus necesidades.

Llegaron los exámenes finales, José Damián se fue a estudiar y Bobby se quedó sin paseos.
Luego llegó el tiempo de vacaciones. Ya no se lo podían llevar, era demasiado grande y salvaje.

—Lo podemos llevar a una perrera donde puedan darle de comer y cuidarlo mientras nosotros estamos fuera —propuso María, la madre.

—Y después, ¿qué? —interrumpió Carlos, su marido— desde un tiempo a esta parte no nos ha causado más que problemas. Cada día es más grande, come más y ensucia más. El niño está cansado de sacarlo a pasear y yo, de sacarle los excrementos. El jardín cada día huele peor. Tiene que haber una solución.

—Sí, lo llevamos a una perrera y decimos que no podemos tenerlo —dijo María—, allí le pondrán una inyección y... —María bajó la cabeza.

—No —protestó Carlos—. No podemos llevarlo a la muerte de esa manera. El pobre animal nos quiere.

—Podríamos dejarlo en el campo y, quizá un granjero necesite un perro.

—Eso es —dijo Carlos—, los animales sobreviven en estado salvaje. Mañana me lo llevaré. Al niño le diremos que Bobby ha roto la correa y se ha escapado.

Las cosas no ocurrieron así. Bobby fue humillado y abandonado por su familia en medio del campo, dos días caminando en pleno sol de junio, sin rastro de su dueño. Se acercó a pedir comida y lo echaron a garrotazos. Trató de robarla y le dispararon con una escopeta de perdigones. No miraba por dónde andaba. Fue atropellado por un coche al que le hizo mil euros de desperfectos. El dueño del coche estuvo buscando al dueño de perro para que le pagase. Era un perro abandonado. Bobby logró ponerse en pie y seguir. Paró una señora, lo cargó al coche y lo llevó a una perrera.

.   .   .

—Si en cuarenta y ocho horas no lo adoptan, lo sacrificarán —dijo Genio.

—¿Qué tengo que hacer?

—¿Buscarle una familia?

—¿Dónde?

—Vamos paso a paso —dijo Genio—. Primero hay que colarse a la perrera y liberar a Bobby. Luego le buscaremos una familia. Y, finalmente, rellenaremos su ficha como que ha sido adoptado.

Federico observó que había sido trasladado mágicamente a la puerta de la perrera.

«Hazme invisible,» dijo Federico.

Cuando el guardia empezó a dar las primeras cabezadas, Federico fue a quitarle las llaves. Al no ver su cuerpo y andar a oscuras, chocaba contra todo.

«Como sigas chocando contra todo, lo acabarás despertando,» dijo Genio.

«Si crees que es tan fácil, entra tú, listillo.»

«Tranquilo, amigo,» dijo Genio. «Si te concentras, te orientarás en la oscuridad y no chocarás ¡vamos! ¡Inténtalo!»

Federico notó que la pulsera y el collar le quemaban. Tuvo la sensación de estar andando. Cogió las llaves, las envolvió en su camisa para que no sonaran. Las probó una a una. Dio con la correcta. El perro no quería salir de la jaula (lo habían tratado muy mal fuera).

—Sácalo en brazos —le dijo Genio.

Federico cogió en brazos a un perro casi más grande que él.

—¿Cómo puedo yo tener tanta fuerza? —preguntó.

—¡Nada es imposible en el mundo de la magia!

Sacó el perro fuera. Quiso volver a entrar a hacer la ficha pero no pudo ya que el guardia se despertó y Bobby no paraba de ladrar. Dejó las llaves como pudo.

—Vamos a llevar a Bobby a su nueva casa y volveremos después —dijo Genio.

Aparecieron en una granja. Tenían que saltar la valla, dejar el perro y volver a salir. Al saltar hicieron ruido y el perro de la granja ladró. Federico dejó a Bobby al suelo, al lado del otro perro. Se encendieron las luces de la casa y salió el dueño.

—Tranquilo, Federico, el dueño no puede verte —le dijo Genio a través de su mente.

El dueño de la granja miró por todas partes y no vio nada extraño. Cuando ya no sabía dónde mirar, observó que había otro perro. Tenía dos perros en vez de uno.

—¿Qué haces tú aquí? —dijo mirando a Bobby—. ¿Por dónde has entrado?

Bobby, por toda respuesta, levantó el hocico, meneó el rabo y contestó con un «Guau, guau». El hombre se rascó la cabeza.

—Necesitas casa, ¿eh?

El perro levantó las patas de delante y se abrazó al cuerpo del hombre con todas sus fuerzas. Salió una mujer y contempló la escena. Se sorprendió y alegró a la vez de la forma que aquel animal había llegado hasta ellos. Decidieron quedárselo y ponerle de nombre de Nocturno, porque había aparecido en plena noche.

—Tengo el presentimiento que nos traerá suerte —dijo la mujer—. Voy a darle de comer. Mañana lo llevarás al veterinario que lo vacune y le haga la ficha. De momento podrá dormir al cobertizo con el otro perro.

.   .   .

«¿Ya podemos irnos?», preguntó Federico.

«De momento, hemos de salir de aquí,» dijo Genio. «El otro perro no para de ladrar, puede que nos oiga.»

Ya fuera de la zona vallada, miraron en el buzón de correos, tomaron nota del nombre, apellidos y dirección de aquella familia.

Aparecieron a la perrera. Ahora Federico no sólo era invisible sino que podía ver en la oscuridad. Entró al despacho, accedió al ordenador y rellenó los datos de la adopción de Bobby por parte de aquel hombre de la granja.

—¡A casa! —dijo Federico.

Sonó el despertador. Federico no recordaba haberlo puesto. Pensó en la ficha de dibujo que tenía sin acabar la noche anterior. Se acercó a la mesa para intentar acabarla. Estaba hecha. Luego pensó que había estado toda la noche corriendo por ahí sin parar para salvarle la vida a Bobby. Sin embargo, se sentía relajado y descansado; tanto, que dudaba si lo de la noche anterior había sido sueño o realidad. Llamó a la perrera para comprobarlo. Era verdad.

—¿A quién llamas? —preguntó su madre.

—A una perrera —dijo Federico—. Estoy ayudando a buscar el perro de José Damián.

—¿Qué te han dicho?

—Que ya ha sido adoptado. Tengo la dirección del nuevo dueño.

Hablaron con los padres de José Damián. Se alegraron mucho de que Bobby, que según ellos se había escapado, tuviera un nuevo hogar. El primer domingo que pudieron fueron a verlo a distancia.

De lejos pudieron ver a Bobby correteando y saltando entre los matorrales que había junto a la puerta. Bobby dio unos ladridos. Salió la dueña a ver si había alguien. Se escondieron.

—¿Qué pasa Nocturno? Si no hay nadie, ¿tienes hambre? Espera, te daré algo de comer.

Ahora no era Bobby, sino Nocturno. ¿Qué más daba? Todos se marcharon satisfechos porque el animal era feliz y en aquella casa estaría mejor ya que era de utilidad y no un estorbo. Sería un perro guardián.

5. ALICIA Y LOS HÉROES DEL CINE

La vida de Federico estaba llena, tanto en la realidad como en los sueños. Desde que aquel duendecillo informático llamado Genio había aparecido en su vida, las cosas le parecían de otro color. El hecho de ayudar a la gente, aunque fuera en sueños, le gratificaba. Se sentía como un héroe de cine.

Un día vio un capítulo de «El Coche Fantástico» en el que Michael Knight con ayuda de su coche Kit, escapó de una paliza, esquivó a las bombas, se deshizo de los matones y liberó a la chica. Cuando Federico llegó a la habitación se lo propuso a Genio.

—Quiero ser un héroe de cine como Michael Knight —dijo Federico—. Él tiene a Kit que le ayuda, yo te tengo a ti, Genio.

Sin esperar la respuesta de Genio, puso el ordenador en marcha.

—Vamos a buscar delitos que estén ocurriendo en la ciudad.

—Espera —interrumpió el duendecillo—. Yo soy un duende inquieto, pero no un duende violento. A tu edad deberías saber que las cosas se arreglan hablando y no a golpes.

Federico no escuchaba. Seguían pasando imágenes al ordenador... Él miraba a ver si encontraba lo que buscaba.

—Mira, Genio. Es Alicia. ¿Qué hace ella ahí? —preguntó Federico.

—Si la imagen está aquí es que tiene un problema; o se ha metido en un lío o se va a meter. Tendremos que ayudarle. Veamos qué le pasa.

—Es la más... —replicó Federico—. Todos los de mi clase estamos locos por ella. Eso es lo que pasa.

—Mira la pantalla y calla.

. . .

Todo había empezado al instituto con la fiesta de final de curso del año anterior. A alguien se le había ocurrido la idea de hacer un concurso de belleza. Las chicas se vistieron de mayores, se maquillaron y se pusieron tacones. Alicia era una chica normal que nunca hasta entonces había destacado en nada especial, también participó. Una vecina, que era peluquera y esteticista, la peinó y maquilló. Le prestaron un traje. Parecía una estrella de cine. Ganó el concurso y la admiración de todos. Nadie se había fijado hasta entonces en lo hermosa que era Alicia.

Al verano siguiente aprendió a coser para sacarse sus propios modelitos de revistas de moda. Con la ayuda de su vecina aprendió también a peinarse, a maquillarse y a aparentar más edad. Dijo a sus padres que quería ser modelo y actriz. Comenzó las clases de teatro.

Al curso siguiente, hacía cuarto de ESO al instituto. Su fama era tal que chicos de todas las edades desde escolares hasta los mayores se pegaban por salir con ella.

Aquello fue a más. Alguien le dijo que era fantástica y ella se lo creyó. Le dijeron que era la mejor y ella también se lo creyó. En lo que iba de curso (estaban al tercer trimestre) había salido con los chicos de medio instituto y la otra mitad se morían de envidia.

Aquella misma noche Alicia había salido con un chico mayor, un rico que tenía una Visa sin límite y un apartamento propio para traerse a sus ligues. Normalmente elegía chicas mayores de dieciocho, pero esta vez se había fijado en Alicia que, aunque aparentaba dieciocho, no llegaba a los quince. La había conocido en una discoteca... Dada la ingenuidad de ella, no le fue difícil conquistarla.

Aquella noche era su primera cita a solas. La había llevado a cenar marisco en un restaurante de lujo, luego habían dado un paseo por la ciudad en su flamante descapotable rojo que había aparcado justo delante de su apartamento.

—¿Dónde vamos? —preguntó ella.

—A ver una película. Te gustará.

—¿Dónde? —preguntó ella mirando a todas partes—. ¿Dónde estamos?

—Tengo una sorpresa para ti —decía mientras la tiraba de la mano hacia la puerta del apartamento.

Cuando ya estaba abriendo la puerta, ¿qué pasaba? ¿De dónde habían salido aquellos encapuchados? Unos encapuchados aparecieron, cogieron a Alicia y se metieron todos al apartamento.

—¿Qué queréis? —preguntó el rico—. Si es por dinero, yo puedo firmaros un cheque.

—Ahora no te sirve de nada tu dinero, ¿eh? Hoy Alicia va a estar con nosotros.

.   .   .

—No puedo seguir viendo esto, Genio —dijo Federico—. Tienes que meterme en ese apartamento. No puedo permitir que le hagan daño a Alicia. Es la chica más...

—Está bien —dijo Genio—. Hemos de darnos prisa. Sigue estos pasos: Túmbate sobre la cama, cierra los ojos y concéntrate. Yo te llevaré allí. Sobre la marcha, pídeme lo que necesites.

Cuando Federico abrió los ojos se encontraba ya dentro del apartamento. Se podían oír los gritos de Alicia y la risa de los gamberros del instituto.

«Hazme invisible, Genio,» dijo y segundos más tarde, miró y no vio su cuerpo. «¡Estupendo! Ahora conviérteme en Walker Ranger de Texas.»

Federico en estado invisible se topó con el rico atado. Lo desató y le pidió ayuda.

—Llama a la policía, por favor —dijo Federico, olvidando que el otro no podía ver su cuerpo.

El niño rico salió asustado. Se fue corriendo rápidamente en su descapotable. Federico siguió adelante. Vio que Alicia estaba bien.

«Menos mal que he llegado a tiempo.»

Él usó una mezcla de kárate y yudo. Los tumbó a todos. Federico alucinaba. Dejó a los malos abobados al suelo como en las películas y rescató a su chica.

«Ahora quiero ser Michael Knight con su Coche Fantástico» pidió Federico.

«Pues date prisa» advirtió Genio. «El rico ha llamado a la policía y están a punto de llegar.»

El deseo de Federico se hizo realidad. Desbordado de emoción por ser ya mayor por unos minutos, Federico pudo coger a su chica en brazos y llevarla a casa con su «Coche Fantástico». El coche se conducía solo. Desde lejos, Federico y Alicia pudieron ver cómo la policía detenía a los chicos malos.

—No sé de dónde has salido ni cómo has conseguido rescatarme pero, gracias —dijo Alicia.

—Yo tampoco, pero... De nada. Prométeme que tendrás más cuidado la próxima vez y no le cuentes esto a nadie.

—Lo prometo —dijo, le dio un beso en los labios y se marchó.

.   .   .

Al día siguiente Federico aún conservaba el perfume de Alicia.

—Gracias, Genio por lo de anoche con Alicia...

—No te hagas ilusiones —dijo Genio—. Alicia ha olvidado muchas cosas de anoche y el resto de la gente también. Compruébalo tú mismo.

Federico se acercó al instituto a ver salir a Alicia como hacía antes. Se sorprendió al ver su aspecto. Vestía chándal, sin maquillar, con el pelo recogido de cualquier manera. No había chicos a su alrededor como era habitual. Sólo parecía la chica normal y corriente que era antes que aquel concurso de belleza cambiara su vida. Federico sonrió. «Ha sido una bonita experiencia, ¿no?», pensó. Ella pasó por delante y no lo reconoció. Realmente, ella no podía recordar nada.

6. LADRONZUELOS DE BARRIO

Las aventuras en compañía de Genio hacían que Federico se sintiera único, importante, orgulloso de sí mismo, capaz de comerse el mundo. No tenía miedo a nada ni a nadie.

Normalmente iba i venía del colegio con su amigo y vecino José Damián, pero aquel día su amigo estaba enfermo y Federico volvía solo. De repente, notó que los implantes de la pulsera y el collar le quemaban. Oyó la voz de Genio.

«¡Es urgente! Sigue estas instrucciones: Gira a la primera esquina a la derecha, sigue recto tres manzanas y luego a la izquierda.»

Federico obedeció las instrucciones, aunque un poco molesto porque Genio no le había consultado su opinión como había hecho otras veces. Al doblar la esquina, lo cogieron unos gamberros. Notó que se lo llevaban. Clavó la uña a la pulsera y se comunicó con Genio a través de su mente.

«Ayúdame a librarme de ellos, Genio. Dijiste que nadie me haría daño...»

«Sígueles la corriente», dijo Genio. «Es importante. Tranquilo que estás a salvo.»

«¡Sí claro! ¡Están atracándome! ¡Espero que sepas lo que haces!»

«¡Lo sé! ¡Tranquilo!»

Los gamberros se lo habían llevado a un descampado donde una constructora había empezado a construir pero se había arruinado y se había quedado el solar sin edificar. Con el tiempo se había llenado de arbustos y maleza, escondite perfecto para los gamberros.

—Danos dinero —gritó uno.

Lo chequearon, le quitaron a Federico su reloj y su dinero.

—Si no quieres que te peguemos una paliza, nos traes mañana tres euros. Debes dárselos a Agustín, el de tu clase, él es nuestro contacto. ¡Ah! De esto, ni una palabra a nadie. ¿Entendido?

Federico hizo señal afirmativa con la cabeza. Con los ojos vendados lo obligaron a caminar un buen rato. Lo dejaron donde lo habían cogido.

Antes de entrar a su casa pasó a ver a su amigo José Damián. Le sorprendió ver que su amigo estaba sentado al sofá viendo la televisión y comiéndose un bocadillo de crema de cacao.

—¿Se puede saber qué haces comiendo eso?

—preguntó Federico extrañado—. Tu madre nos ha dicho que estabas en la cama, con fiebre y vomitabas.

—Hoy no quería ir al colegio —contestó José Damián—. Es un secreto, no te puedo decir por qué.

—Está bien —dijo Federico y continuó—, he venido porque quería contarte lo que me ha pasado hoy viniendo del colegio. Me han atracado unos gamberros, me han quitado todo y me han dicho que si no les doy tres euros cada día, me pegarán una paliza.

—¡A ti también! Por eso yo no he ido al colegio hoy. No le hables a mi madre de esto.

—¿Qué harás si tu madre descubre que no estás enfermo y te obliga a ir mañana?

—¿Por qué crees que Marcos lleva una semana sin venir a clase? ¿Qué piensas hacer tú?

—No lo sé. Ya se me ocurrirá algo —dijo Federico y se fue.

Federico comprendió, de esta manera, lo complejo que era el problema y que había muchos afectados.

Cuando Federico estaba ya en su habitación, encendió el ordenador y preguntó a Genio.

—¿Por qué no has dejado que me convirtiera en el Ranger Walker y les pegara una buena paliza?

—Porque no hubiera servido de nada —aclaró Genio—, no hubieras impedido que siguieran con lo que están haciendo. Te hubieras arriesgado a que te hicieran daño. Mira la pantalla.

.   .

El problema había empezado con unos alumnos conflictivos que habían acabado la escuela obligatoria hacía un tiempo. Estaban en la calle haciendo trastadas mientras sus padres se iban a trabajar. Estos niños desconectaron de las enseñanzas académicas. Sus trastadas eran cada vez mayores.

Cuando cumplieron los dieciséis años, salieron rebotados del instituto: «por fin libres», dijeron. Pero: «libres ¿para qué?». No tenían nada que hacer ni nadie a quien fastidiar. Salieron a buscar trabajo. Unos, no encontraron. Otros, sí encontraron pero los echaron a los dos días por no cumplir. Algunos se pusieron a ayudar a algún familiar, sin contrato, para sacarse un dinerillo para sus gastos. Todos tenían mucho tiempo libre. Su lugar de reunión era el descampado que se había dejado sin construir por quiebra de la constructora.

Las imágenes que siguen son muy tristes y dolorosas. Unos niños que se creen muy hombres y se autodestruyen: primero fue el tabaco, luego el alcohol, luego... Estaban enganchados a la droga y necesitaban dinero.

Una de las maneras de conseguir el dinero era quitarles el dinero a los niños del colegio y amenazarlos con pegarles una paliza si se chivaban o dejaban de traerlo.

Los niños del colegio estaban atemorizados y pagaban. Unos cogían su dinero de la hucha. Otros pedían más dinero para la merienda. Otros que no podían conseguir el dinero de ninguna manera, les ofrecían un último trato, los convertían en *cobradores* de sus propios compañeros... Así los auténticos culpables no tenían que ser vistos...

.   .   .

—Dime una cosa, Genio —interrumpió Federico—. ¿Por qué has permitido eso? ¿De dónde sacaré el dinero para pagarles?

—No vas a pagar —respondió Genio—. Quiero que seas tú el que los denuncie a la policía. Quiero que se lo digas a la directora del colegio. Todos los afectados deben tener una reunión con la policía.

—Si se enteran que he sido yo, me harán daño.

—No. Yo lo impediré —contestó Genio.

—Se puede saber cómo lo vas a hacer.

Genio no contestó. El tema de los gamberros era realmente preocupante. Seguían apareciendo imágenes.

Ya no eran los niños y niñas que se pasaban el día castigados en el pasillo. Entonces incomodaban a hombres y mujeres y fastidiaban a la sociedad. Los vecinos que vivían cerca del descampado donde se reunían estaban hartos de sus hurtos, de sus borracheras, de sus palabras malsonantes, del ruido y de la basura que dejaban. Por mucho que protestaban al ayuntamiento, no había manera de que los echaran. Cada mañana empleados del ayuntamiento iban a limpiar los desperdicios que habían dejado los gamberros la noche anterior.

Los vecinos llamaban a la policía de forma anónima cada vez que se veían cosas más raras de lo habitual, vivían atemorizados y tenían miedo de que hiciesen daño a sus hijos. El problema era que todos les tenían miedo y nadie quería dar la cara, poner una denuncia a toda regla, con nombres y apellidos.

—Debes decírselo a tu padre y juntos debéis poner una denuncia contra ellos.

Federico apagó el ordenador y se puso a cavilar como lo debía hacer. No pegó ojo en toda la noche: la una, las dos... Oyó un ruido en la cocina. Bajó. Era su padre que, como no podía dormir, había ido a picar algo.

—Papá, tengo que hablar contigo —dijo Federico.

Su padre se pegó un gran susto.

—¿Sabes qué hora es?, ¿te pasa algo?

Federico hizo un gesto afirmativo. Rápidamente le contó a su padre lo que le había pasado con los gamberros y todo lo que estaba pasando. Finalmente, le pidió ayuda para denunciarlos a la policía.

Aquella noche hubo mucho movimiento. Damián, el padre de Federico, se encargó de la policía. Al día siguiente unos policías vestidos de paisano acudieron al colegio, hablaron con la directora y con todos los maestros, hubo reuniones en todos los grupos de clase. Los policías hablaron con todos los niños afectados, les explicaron que nadie les iba a hacer daño ni culpar de nada, ni siquiera a los cobradores bajo amenaza. Todo el mundo colaboró. Todos tenían instrucciones para actuar.

Aquel día fue importante para Federico y sus amigos. No sólo se libraron de pagar a los gamberros sino que fueron testigos de cómo aquellos ladronzuelos eran reducidos en pocos minutos. Todo ocurrió rápidamente. Se amontonó mucha gente. Todos aplaudían la acción de la policía y la valiente colaboración de aquellos niños. Ni siquiera llegaron a enterarse los ladronzuelos del nombre del niño que había puesto la denuncia.

.   .   .

Un tiempo después Genio le pidió a Federico que volvieran al tema de los ladronzuelos. Le enseñó más imágenes.

Mientras los ladronzuelos habían estado en la cárcel, otros habían seguido reuniéndose en el descampado manteniendo sus vicios aunque con mayor silencio y discreción.

Al salir de prisión necesitaban más dinero...

El pobre duendecillo estaba esperando el momento adecuado para actuar y cortar el círculo vicioso de los gamberros, pero no lo encontraba. Federico y Genio revisaban el problema día a día pero no daban con la solución, era como si esperasen algo.

Todo ocurrió en pocos segundos. Federico se enteró de las noticias por televisión. Doce jóvenes (entre chicos y chicas) aparecieron muertos en el descampado. La causa: una partida de droga pura, sobredosis.

Los drogadictos supervivientes se recluyeron en sus casasTenían miedo a seguir el mismo camino que sus compañeros.

Federico y Genio decidieron que era el momento de actuar. Federico bajó de Internet información y preparó con ayuda del ordenador folletos de propaganda de una granja de desintoxicación y tratamiento de los problemas de la droga que era asequible a todas las economías. Se gastó sus ahorros en hacer fotocopias y las repartió por las casa que había chicos con problemas.

Cuando ya había acabado, Federico no recordaba a cuántos hogares había dejado folletos. ¡Qué importaba! Lo cierto era que su misión terminaba allí. Quizás resultaría o quizás no. Eso dependía ya de ellos. Después de esto, los vecinos del descampado ya no volvieron a ver más a los gamberros por allí ni a saber más de ellos.

7. INTERFERENCIAS: UN DUENDE JUGADOR

Federico llegó a casa supercontento y muy hambriento. Había hecho un examen perfecto, había marcado tres goles en el entrenamiento y había sido un día fantástico. Cenó y fue corriendo a su habitación a contárselo a Genio. Estaba cansado. Se tumbó en la cama.

Oyó una voz chillona.

—Te necesito, chaval. ¡Ven!

Federico se levantó, encendió el ordenador y puso la contraseña.

—¿Qué pasa, Genio? Tengo mucho sueño. ¿Puedes esperarte hasta mañana?

Genio no contestó ni en su mente ni en el ordenador. En la pantalla aparecieron unas letras: «Interferencia. Para comunicarte conmigo pulsa este enlace (I)».

—¿Quién eres? ¿Qué está pasando? ¿Dónde está Genio? —preguntó Federico.

No recibió respuesta. Federico ya estaba cansado, hizo lo que le pedía el ordenador.

—Genio, ¿dónde estás? —preguntaba Federico.

—Ja, ja, ja, ¡qué risa! —dijo la voz de antes entre risas—. No te contestará. Te ha abandonado. Yo ocuparé su lugar desde ahora.

—Estoy demasiado cansado para discutir. Yo me llamo Federico, ¿quién eres tú?

—Soy Facundo Facundor, el duende jugador —dijo la voz.

—Un duende parecido a Genio apareció en la pantalla del ordenador. Federico pronto observó que este duende era diferente de Genio, éste tenía un aspecto mucho más saludable que Genio y su cuerpo era mucho más fornido.

—¿Cómo has llegado hasta mí? —preguntó Federico.

—A través de una partida de póquer.

Facundo le explicó a Federico que era jugador profesional y que había dejado sin blanca a Genio. Ahora el programa de ordenador estaba en manos de Facundo y los servicios de Federico también. Facundo le ofreció grandes beneficios a Federico si le ayudaba.

—No es necesario que me des nada —dijo Federico—. Yo te ayudaré a hacer el bien y tú debes protegerme. Éste es mi acuerdo con Genio.

—No haremos ningún mal a nadie —respondió Facundo—. Te necesito esta misma noche.

—¿Para qué? —preguntó Federico—. ¿Hay alguien en peligro?

—Ya lo verás —dijo Facundo—. Acuéstate en la cama, concéntrate y yo te llevaré.

.   .   .

Federico apareció sentado delante de una máquina tragaperras en una sala de juegos juveniles. Al fondo había un mostrador donde se vendían helados, pasteles y chucherías. Había dos niños mayores que él sentados a la máquina que había a su derecha, estaban haciendo carreras de coches. A su izquierda había un chico que jugaba a dispararle al monstruo. Federico se sentía muy pequeño para estar allí. Quería irse. Oyó la voz de Facundo en su cabeza:

«Pídele un euro al chico que juega solo a tu izquierda. Dile que ahora vas a cambiar y se lo devuelves. ¡Obedece, ya!»

Federico hizo lo que le decía.

—¿Me puedes dejar un euro? —dijo Federico al chico—. Enseguida cambio y te lo devuelvo.

—Eso espero —contestó el otro. Le tiró un euro a la mano y siguió jugando sin apartar la vista de la pantalla.

Federico oyó la voz del duende jugador: «Tíralos a la máquina tragaperras que tienes delante».

Federico hizo caso. Comenzaron a salir monedas. No sólo tuvo para devolverle el euro sino que en un momento, Federico vio más monedas que había visto en su vida juntas. Siguió jugando según las instrucciones de Facundo. Vació la máquina. Luego Facundo llevó a Federico a varios bares y salas de juego donde la corta edad de Federico no llamaba la atención. Ganaron un montón de dinero. Federico estaba preocupado.

—¿Estás seguro de que esto está bien?

—¡Que sí, hombre! —decía Facundo—. ¿A que te lo has pasado bien? Mañana más.

Lo mismo se repitió durante varios días. Después lo hacía ir por las tardes... Las ganancias de Federico aumentaban. Federico no sabía qué hacer con el dinero. Podría comprarse una consola muy cara que le gustaba mucho. Pero temía la reacción de sus padres. No podía explicar la existencia del dinero.

Una de tantas tardes pasó lo inevitable. Un amigo de Damián, que estaba casualmente en el bar, vio a Federico jugándose el dinero en la máquina tragaperras. Llamó por teléfono a Damián que acudió a los pocos minutos. Lo pillaron. El dueño del bar confirmó que el chico iba todas las tardes.

¡El problema le esperaba en casa! Sus padres lo castigaron. Bajó la cabeza y esperó. Si les hubiera dicho la verdad no le hubieran creído. Prometió que no jugaría a las máquinas tragaperras nunca más.

Fue castigado durante mucho tiempo: un mes sin televisión, sin consolas, sin entrenamiento, sin partidos de fútbol y sin ordenador. Sólo saldría de casa para ir al colegio. Además, su habitación tendría siempre la puerta entreabierta para que sus padres pudieran vigilar lo que hacía. Su padre le quitó todo el dinero que había ganado con el juego y lo dio a una institución benéfica.

En todo el mes siguiente todo fue insustancial y aburrido. Estaba sin ordenador y sin Genio. Sus amigos le hacían bromas pesadas porque estaba castigado. Lo peor de todo fue que su padre le obligó a ir a aquellas charlas para adictos al juego dos veces por semana. Allí tuvo la oportunidad de conocer a muchas personas. Todas tenían una triste historia que contar. Algunas de ellas impresionaban.

Vicente sólo era, en aquellos momentos, un vagabundo que iba a las charlas para adictos al juego. Tiempo atrás había tenido una familia y un trabajo. Todavía añoraba aquella familia maravillosa: su esposa y su hijo. Los problemas habían comenzado cuando su mujer vio que la cuenta del banco estaba en números rojos. Su marido había derrochado casi dos millones de pesetas jugando al bingo y a las máquinas tragaperras. Ella cogió el niño de dos meses y se fue a vivir a otra ciudad donde una amiga le dio trabajo. Allí consiguió la separación y también una orden de alejamiento para Vicente.

Vicente gastaba todo lo que tenía en el juego. A mitad de mes ya estaba sin dinero, tenía que pedir prestado o vender muebles para poder comer. Un día recibió una carta de despido. Otro, se le acabó el subsidio de desempleo. A sus cuarenta y nueve años y con un grave problema no encontró otro trabajo. Tuvo que pedir a la calle, se quedó sin casa. Vivía de la caridad de la gente. En cuanto le sobraba un euro, se lo jugaba a una máquina tragaperras a ver si tenía suerte. Acudía a las charlas para dejar su adicción y recuperar a su familia.

.   .   .

Otra historia triste era la de Juana. Cuando enviudó de su segundo marido, Juana aún se sentía joven. Por otro lado, heredó una substanciosa cantidad, la suficiente para pasar el resto de sus días sin preocupaciones. Tenía dinero a su disposición y quiso disfrutar de los caprichos que nunca tuvo. Se juntó con un grupo de personas que iban al bingo. Probó y le gustó. Después de un tiempo sus amigas se quedaron sin dinero y dejaron de ir, pero ella tenía la herencia y pudo seguir jugando sin preocupaciones.

Un día observó que la cuenta del banco estaba en números rojos. El vicio podía más que su voluntad.

Vendió la casa y el coche. Poco a poco perdió todo el dinero. Pronto estuvo en la calle y sin nada.

Fue a casa de su hija. Juana le ayudaba en casa, le guisaba, limpiaba, llevaba a los niños al colegio y cuidaba de su yerno enfermo mientras su hija trabajaba para salir adelante. La hija le guardaba la pensión para que Juana no se la malgastara en el juego.

Juana siempre que podía juntar unas monedas se las jugaba. Iba a aquellas charlas para dejar su vicio y para evitar que otros hicieran lo mismo.

—Ha sido culpa mía. Podría haber vivido como una reina y, en lugar de eso, soy la criada en casa de mi hija.

.   .   .

Le costó un poco pero finalmente Federico se dio cuenta del lío en que estaba. Un día le permitieron usar otra vez el ordenador. No lo puso en marcha por miedo a que Facundo volviera. Aquella noche a la hora de acostarse notó que los implantes de la pulsera y del collar le quemaban. Oyó la voz de Genio.

—Soy Genio. Puedes poner en marcha el ordenador. ¡Tranquilo! La pesadilla ha acabado.

Federico estaba muy furioso y habló a Genio, éste le escuchó, había fallado a su amigo.

—Comprendo que estés enfadado —dijo Genio avergonzado—. Pido perdón.

Estuvieron mucho tiempo hablando y aclararon lo que había pasado. Genio se había juntado con malas compañías y se había viciado a jugar. Había perdido todos sus ahorros y sus programas de ordenador, entre ellos el que compartía con

Federico. Genio tuvo que trabajar hasta tener ahorros suficientes para comprar otra vez el programa de ordenador que compartía con Federico.

—Primero no quería revendérmelo. No sé lo que pasó, pero después Facundo quería deshacerse de él a cualquier precio —explicó Genio.

—Pasó que Facundo me salió por el ordenador, me engaño y me vició a jugar a las máquinas tragaperras. Mi padre me pilló y, he estado un mes castigado sin ordenador, sin televisión, sin partidos y asistiendo a esas horribles charlas... —explicaba Federico.

Después Federico le habló de Vicente y de Juana...

—Estoy especialmente preocupado por Vicente —dijo Federico.

Le contó la historia del pobre Vicente. Vamos a buscar por el ordenador imágenes de su ex-mujer y su hijo.

Apareció en la pantalla su ex-mujer, bellísima y muy elegante. Siguieron su rutina y costumbres a través del ordenador. Había vuelto a la ciudad donde vivía Vicente. Se había montado una pequeña tienda para salir adelante. Entonces tenía un problema, su hijo estaba muy enfermo y ellos iban al hospital la mayoría de los días. Ella no podía abrir la tienda ni permitirse tener un empleado. Se estaba quedando sin dinero.

—¿Qué podemos hacer, Genio? —preguntó Federico.

—¿Por qué no vas a hablar con Vicente y le dices en qué situación están su ex-mujer y su hijo?

Federico habló con Vicente. Cuando Vicente, escuchó la noticia, le salieron dos gruesas lágrimas. Aún los quería y añoraba. Federico le sugirió cómo ayudarles. Vicente estuvo de acuerdo. Al final, Federico le dio la dirección. Vicente iría a visitarlos.

Al día siguiente, que era sábado, Genio y Federico observaban a través de la pantalla del ordenador. Una vecina caritativa que conocía la historia de Vicente y le había ayudado muchas veces, escuchó a Federico hablar sobre la situación de su ex-mujer y su hijo y ayudó a Vicente. Ella le cortó el pelo, lo dejó ducharse y ponerse la ropa nueva de su marido. Ella le dijo estas palabras.

—Ve y ayúdales sin pedirles nada a cambio. Ellos necesitan tu ayuda ahora.

La siguiente escena era Vicente a la puerta de la casa de su ex-mujer.

—¿Qué quieres? —preguntó ella.

Él bajó la cabeza avergonzado.

—Ya sé que me he portado mal con vosotros, que lo que hice no tiene perdón. No te pido que me perdones, ni que lo olvides. Sólo he venido a ayudarte con la tienda y con el niño hasta que él se ponga bien.

Ella lo miró con recelo pero necesitaba ayuda desesperadamente. Aceptó bajo ciertas condiciones.

—No esperarás que te pague. No me fío de ti.

—Te justificaré cada céntimo, no quiero dinero. Aunque sí te pediría un plato de comida caliente al día y la oportunidad de dormir en la trastienda. No me gusta salir a mendigar para comer ni dormir en los bancos del parque.

—Está bien, ¡quédate! —dijo la mujer—. Mendigar... ¡Qué vergüenza!

Genio y Federico siguieron vigilando la actitud de Vicente durante un tiempo. La ayuda del hombre fue muy útil para su familia. Poco a poco se estaba ganando el respeto y el afecto de su hijo. A veces charlaba y jugaba con él. Puede que algún día pudiera decirle que era su padre y vivir como una familia. Su ex-mujer lo trataba como a un trabajador que tenía una habitación alquilada en su casa pero, en el fondo de su corazón, comenzaba a sentir afecto por aquel hombre que tanto había querido... Vicente esperaba paciente la oportunidad de volver a unir aquella familia que un día rompió. Tenía claro que, quizás, nunca tendría dinero a su alcance para evitar que jugara. Sólo quería recuperar el respeto y el afecto de aquella mujer y aquel niño que tanto quería. Estaba en camino de conseguirlo.

Federico también se quedó durante mucho tiempo sin dinero a su alcance. Si compra algo, les daban dinero pero tenía que presentar un ticket. ¡Menudo lío se había metido!

8. ENFERMEDAD

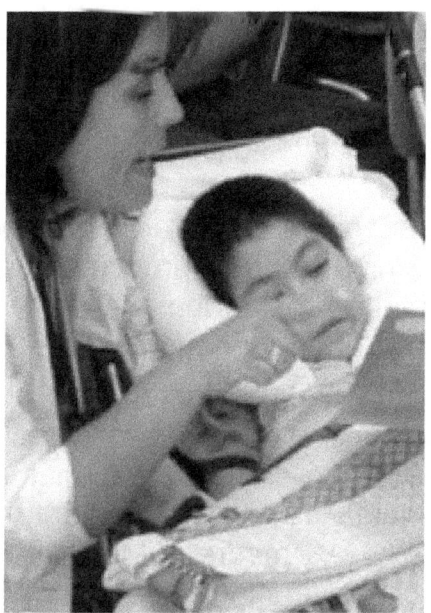

Federico continuaba con sus aventuras con Genio. Con la magia de Genio todo era posible. El muchacho estaba tan ocupado arreglando el mundo que no advirtió lo que le pasaba hasta aquella mañana que se vio lleno de granos y con mucha fiebre.

Su madre se asustó y llamó al médico. Había cogido el sarampión. Tuvo que quedarse en la cama durante dos semanas. No pudo tener fútbol ni aventuras. Sin embargo, Genio le acompañó y le habló en los momentos que el niño tenía fiebre y no podía levantarse.

Un día Federico se sentía invencible como un héroe del cine y, al día siguiente no podía ni abrir los ojos. Su cuerpo hervía de fiebre y se mareaba al intentar levantarse.

—Genio. No sirvo para nada —dijo Federico—. ¿Qué vamos a hacer ahora? ¿Puedes curarme con tu magia? ¿Podría morirme?

—¡No digas bobadas! —dijo Genio—. Sólo has cogido el sarampión. No puedo curarte con mi magia pero te puedo acompañar mientras estés enfermo, para eso soy tu amigo... No te preocupes, una vez superes la enfermedad, estás inmune para el resto de tu vida. Pon el ordenador en marcha.

Federico hizo un sobreesfuerzo en poner el ordenador en marcha. Al volver a la cama estaba muy cansado. Se tumbó entre las sábanas suaves. El médico ya le había dado un tratamiento para la enfermedad que su madre, Matilde, seguía estrictamente, le controlaba la temperatura y le daba zumo de naranja y dieta blanda. A Federico le dolía la garganta, no había manera de hacerlo comer. Cuando todos se fueron, Genio le puso unas imágenes a través del ordenador.

Apareció en la pantalla James, era un niño bastante raro. En el colegio siempre jugaba con niños más pequeños que él. Federico recordaba a James como un niño que comía chucherías. La asociación de padres le pagaba la comida al comedor escolar. Federico siempre se había preguntado cómo era que tenía dinero para comprarse chucherías y no lo tenía para comer decentemente. Era extraña la manera que James tenía de hacer amigos. Llevaba una bolsa de plástico llena de chucherías y las repartía entre los niños más pequeños a la hora del patio. Todos eran sus amigos por las chucherías.

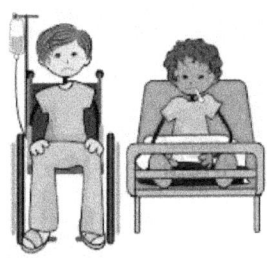

James había aparecido a la pantalla porque también estaba enfermo de sarampión. El pobre también estaba acostado a la cama totalmente sudado y lleno de granos. Su habitación era un auténtico desastre porque no tenía armarios. La ropa estaba por encima de las sillas y las camas. Había otra cama al lado de la suya, alguien había dormido en ella y no la había hecho después. Todo estaba sucio.

Federico se preguntaba quién dormiría en la otra cama. Cuando ellos vieron las siguientes imágenes sus dudas desaparecieron. Había otro niño sentado al sofá mirando la televisión, su cara le sonaba a Federico, era el hermano pequeño de James. Parecía ser que habían dejado al hermano pequeño encargado de ponerle el orinal cuando lo necesitara.

En el comedor, que a la vez era cocina y despensa, el desorden y la suciedad estaban por todas partes. Había una mesa cuadrada grande con un hule por encima. Estaba llena de grasa y polvo porque no se había usado durante meses. Debajo de la mesa había un saco de patatas abierto, otro con cebollas y otro del que no se podía ver el contenido.

Sobre la mesa se encontraban los objetos más insospechados: un espejo pequeño, una bolsa de plástico con peines, un cartón con huevos, un abrelatas, botes de laca, un saco pequeño con arroz, una caja de zapatos con cuchillos, tenedores y cucharas. Al lado estaban los platos, cucharones y paellas sin estrenar. Al lado de la mesa grande llena de cosas, tenían otra más pequeña con hule a cuadros azules y con agujeros en las cuatro esquinas. Federico dedujo que era en ella donde comían porque aún estaban los platos sucios sobre la mesa. Al lado de la mesa había un cubo con agua y platos sucios a remojo y al lado otro cubo con agua limpia (¿sería la de beber?). En un rincón estaba la chimenea donde había una olla al fuego. El fuego estaba apagado.

Había un gato gris durmiendo en la ceniza que al despertarse esparció la ceniza por todo el comedor. Subió a la mesa, lamió los platos sucios de la última comida. Luego probó las cuatro sillas y no le gustaron porque estaban demasiado duras, se fue a dormir encima del televisor que estaba más calentito.

Había un único armario empotrado en la pared con puertas acristaladas arriba donde se guardaban los vasos y los platos nuevos que nunca se usaban. El armario tenía también puertas de madera donde se guardaba el aceite, la sal, sartenes y ollas llenos de hollín y grasa.

El hermano pequeño cogió la sal y el aceite del armario, lo cerró de nuevo. Lavó dos platos y dos tenedores de los de encima de la mesa, que antes había lamido el gato y se dirigió a la chimenea donde había una olla de patatas y judías hervidas. El pequeño llenó los dos platos, les puso aceite y sal y se fue a la habitación donde el hermano estaba enfermo. Comieron juntos. Daba gusto ver lo felices que eran. El enfermo, sentado en la cama, comía y escuchaba al pequeño que le contaba la película de dibujos animados que acababa de ver por la tele. El pequeño comió sentado en la silla con el plato en la mano. Bebieron del mismo botijo y finalmente los platos quedaron vacíos.

—¿Quieres un poco más? —preguntó el pequeño.

—No —contestó el enfermo—. Ahora quiero intentar dormir un poco.

.   .   .

Federico paró las imágenes, estaba enfadado:

—No hay derecho, Genio —dijo Federico—. Estos niños están abandonados. ¿Dónde están sus padres?

—No te enfades tan pronto y mira la pantalla —dijo Genio.

Continuaron las imágenes en la pantalla del ordenador.

.   .   .

James y su hermano pequeño vivían con su madre y tenían padres diferentes que no se hacían cargo de ellos.

Su madre se quedó sin trabajo y no podía pagar el alquiler, fueron a parar a un suburbio y tomaron posesión de una casa medio abandonada que no lo reclamó nadie. Ella tenía cuarenta y dos años pero aparentaba más porque no se arreglaba. El único trabajo que encontró era trabajar la tierra a jornal (recoger la fruta, cavar la tierra, regar las plantas...). El amo para el que trabajaba les permitió vivir en esta casa con luz sin pagar alquiler.

Cuando era pequeña no tuvo chucherías porque sus padres eran pobres. Por eso cada día le daba a cada uno de sus hijos un euro para que se compraran lo que les apeteciera. Por esa razón los niños siempre llevaban su bolsa de plástico llena de chucherías. De cuando en cuando la madre guisaba algunas cosas para comer. Ella hacía mucha cantidad y así tenía para dos o tres días. No le gustaba guisar. Sólo guisaba patatas hervidas, patatas fritas con huevos y olla. A veces ellos comían verduras o ensalada.

Cuando llegó la madre del jornal, estaba el hermano poniendo los platos a remojo a un cubo de agua. Tiró el agua sucia al inodoro. Sacó un cubo de agua limpia del pozo y llenó el botijo. La madre y el pequeño limpiaron toda la casa porque tenía que ir allí el médico a visitar al hermano enfermo.

Empaquetaron todos los trastos y los metieron en una caja de cartón. La ropa la metieron en sacos. Limpiaron el polvo. Pusieron sábanas limpias. Quitaron la ceniza de la chimenea y echaron al gato a la calle. Cuando llegó el médico estaba todo limpio y en orden.

Cuando el doctor se fue, cenaron los tres en la habitación. Cada uno tenía su plato de judías y patatas, todavía había a la olla patatas y judías para el día siguiente. Federico se impresionó de lo bien organizados que estaban.

La pantalla del ordenador se apagó. Genio dio el aviso.

—Ahí está tu madre. ¡Ponte en guardia!

Entró la madre de Federico con una bandeja llena de comidas especiales que le había preparado para ver si conseguía comer algo: puré de patatas, sémola de maíz y puré de calabacín. Toda la comida estaba calentita y apetecible. Tenía yogur de fresa para postre y agua mineral natural para beber.

—¿Tienes hambre?—preguntó Matilde.

—No —contestó Federico como siempre.

—Pues tienes que intentar comer. Si no te apetece esto te haré otra cosa. Ya sé, quizá una sopita.

Entonces Federico se acordó de James que estaba con fiebre y sarampión igual que él y se acababa de comer un plato de judías con patatas frías y duras sin decir media palabra. Se sintió incómodo por tener tantas atenciones que otros niños no podían disfrutar. Su madre seguía hablándole de cada vez más cosas de comer. Él interrumpió.

—No prepares más comida —dijo Federico—. Me comeré esto.

Federico cogió un plato de puré y el tenedor y se lo comió todo de un tirón como había hecho el otro niño. Su madre se maravilló.

—¡Fantástico! Es la primera vez que comes decentemente desde que te has puesto enfermo. ¡Ya sería hora! Si no quieres nada más…

—¿Qué le podría pasar si un niño que padece de sarampión está rodeado de polvo y suciedad por todas partes y no come una dieta completa?

—Se le podría complicar la enfermedad y podría coger otras infecciones, estar mucho tiempo enfermo. ¿Por qué preguntas?

—Hay un niño del colegio que también tiene el sarampión pero vive en una casa en muy malas condiciones.

—¿Tiene familiares que cuidan de él? —preguntó la madre.

—Sí —contestó Federico recordando aquel hermano que le llevaba la comida y aquella madre que trabajaba todo el día al campo para ellos—. A su manera cuidan de él. Ellos lo hacen lo mejor que pueden.

—¡Entonces no te preocupes! —dijo la madre—. El amor también cuenta. Ya verás como pronto estará bien. Cuando tú vuelvas a la escuela, él también estará de vuelta. ¡Venga, a dormir!

—¡Cuánta pobreza hay al mundo! —se dijo la madre mientras se iba.

Federico cerró los ojos. Se propuso no volver a dejarse más la comida en el plato, ni protestar cuando no le gustase. Durmió durante un tiempo indefinido. Cuando se despertó, se dio cuenta que el ordenador estaba en marcha. Genio le estaba esperando con una nueva historia.

—Ahora quiero que conozcas la historia de un niño sudamericano que vive en los bosques. Mira la pantalla.

Pedrito era el menor en una familia de trece hermanos. Sus padres eran trabajadores itinerantes. Entonces se habían trasladado a trabajar y vivir al bosque en una cabaña hecha de madera. Talaban árboles para leña y madera. Cada miembro de la familia tenía asignado un trabajo; el padre y los hermanos mayores trabajaban con la madera y, cuando acababan iban a cazar algún animal para cenar. La madre y la única hermana guisaban y buscaban plantas medicinales o comestibles al bosque. Los hermanos medianos, recogían ramas para encender el fuego. Los dos pequeños iban al pozo a por agua. El pozo estaba a unos tres kilómetros de la cabaña.

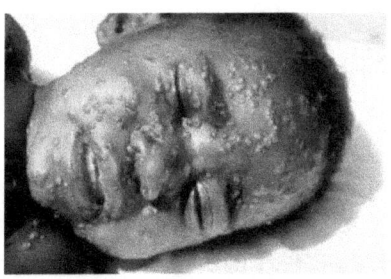

El día anterior, los dos hermanos más pequeños caminaban y tenían mucha sed. Habían bebido al río. Habían desobedecido a sus padres que les prohibían beber agua que no saliera directo del pozo. «Mamá no lo sabrá», se dijeron uno al otro, y bebieron agua del río para no gastar la buena porque tenían que hacer mucho esfuerzo para transportarla.

Al día siguiente los niños aparecieron llenos de granos e hirviendo de fiebre. La madre los separó de los demás, los acostó y les preparó una infusión de hierbas medicinales que, según la tradición, lo curaba todo. La fiebre no bajaba. Por si eso fuera poco, aquella noche se puso a llover torrencialmente. Cuando la lluvia disminuyó, instalaron a los enfermos en una barca y los trasladaron hasta el hospital más cercano. Llegaron helados de frío y completamente empapados.

Al hospital había mucha gente con enfermos esperando cama y muy pocas camas. Sólo había unos pocos médicos para muchos enfermos. El padre de Pedrito le pidió a una monja voluntaria una cama. La cama fue para Pedrito. Al cabo de un rato, llegó el medico y le puso una inyección.

—Tiene sarampión pero se le ha asociado algo más. Podría ser neumonía. Vamos a hacerle unas pruebas —le dijo el doctor.

—¿No habrán bebido agua del río donde beben los animales?

—Es posible —contestó el padre.

—¡Dios mío! —exclamó la enfermera.

La enfermera examinó al otro hermano que no respiraba. El padre le pidió ayuda al doctor. Cuando el doctor llegó, el hermano de Pedrito había muerto. Fue uno de los cientos de niños que mueren cada día por falta de medicinas, hospitales y médicos.

.   .   .

Federico estaba llorando en su habitación, le había impresionado lo que le había pasado al hermano de Pedrito.

—¿Se morirá también Pedrito? —preguntó Federico.

—Esperemos que no —respondió Genio—, pero hemos de pensar que en este hospital hay falta de medicinas y medios para atenderle.

.   .   .

Federico hizo reposo durante quince días y finalmente se recuperó. En ese tiempo, con ayuda de Genio, Federico pudo saber sobre la vida de otros niños en el mundo que también estaban enfermos.

James tardó más en volver a la escuela, a causa de su falta de higiene y su mala alimentación, la enfermedad se le complicó y tuvo que estar más tiempo acostado. Cuando pudo levantarse, se tuvo que quedar en casa para cuidar de su hermano pequeño que se había contagiado el sarampión. A los dos meses James pudo ir al colegio.

.   .

Pedrito se quedó ingresado durante meses. Su familia había tenido que volver al bosque a trabajar. Cuando se recuperó, volvió. Unos pescadores lo llevaron. Su familia estaba muy feliz de verlo, aunque aún lloraban la pérdida del otro. Continuaron con el trabajo. Los niños tenían ganas de acabar la temporada de la madera para poder volver a la escuela el resto del curso. Era cuestión de tiempo.

.   .   .

La experiencia de estar enfermo le sirvió a Federico para que dejara de creerse el centro del universo y pensara un poco en los demás... Tomó los doscientos cincuenta euros que tenía ahorrados para comprase un consola y se los dio a una organización no gubernamental para construir pozos, hospitales y escuelas para que niños como Pedrito tuvieran una vida más cómoda.

.   .   .

Cuando Federico vio a James de nuevo por el colegio le preguntó por su enfermedad y la recuperación de su hermano. James tenía mucho que contar, estuvo quince minutos hablándole de lo que Federico ya sabía. Unos días después Federico le cambió a James unas chucherías por medio bocadillo. A James le gustó mucho. Federico le explicó que su problema tenía fácil solución.

—Es muy fácil —dijo Federico—. Podéis compraros una barra de pan y algo más en la tienda (jamón, queso y chorizo) con los dos euros que os da tu madre a tu hermano y a ti. Luego os hacéis los bocadillos para la hora del patio.

James y su hermano comenzaron a comer bocadillos para almorzar a la hora del patio. A veces, James, se juntaba con Federico y sus amigos para jugar... Ya sólo le faltaba comenzar con el equipo de fútbol.

9. EL AMIGO HERIDO

La vida de Federico era alegre y divertida. Tenía muchos amigos, entre los que prefería a José Damián. Los dos eran vecinos, habían jugado y crecido juntos. Federico probablemente nunca olvidaría aquella vez que jugando al fútbol después de la escuela, se escapó un balón fuera del patio y José Damián saltó la valla para coger el balón; se enganchó con un alambre, con tan mala suerte que resbaló, cayó al suelo y pegó la cabeza contra una piedra. Tenía un enorme corte en la cabeza.

Todo el mundo se alarmó. La sangre le salía a borbotones y no había manera de parársela. Ni con vendajes lo conseguían. Muchos adultos, profesores y vecinos estaban todos alrededor del herido, esperando a que viniera la ambulancia o un médico.

Cuando los niños fueron enviados al patio de atrás, Federico se asustó y se temía lo peor. Se metió en un servicio y clavó la uña en la pulsera de Genio.

«Genio, hemos de ayudarle, por favor», dijo » «Hay una posibilidad», dijo Genio. «Podríamos intentarlo pero sería complicado y un error resultaría fatal. El éxito no es seguro. ¿Quieres continuar?»

«¡Adelante!», dijo Federico. «Es mi amigo. Arriesgaré lo que haga falta. Dime lo que hay que hacer.»

«Está bien», dijo Genio. «Primero tendrás que darle tus implantes de la pulsera y el collar (todo lo que te relaciona conmigo), tendrás que quitártelos y ponérselos a él para actuar directamente sobre él. Pon mucha atención a la condiciones: "Una vez le hayas puesto los implantes, tendrás que vigilarlo continuamente. Si ves que se recupera, tendrás que quitárselos antes que él se entere de que los lleva. Si ves que va a morir tendrás que quitárselos antes de que... Ya sabes... ¡Ah!, se me olvidaba. Cuando te quites los implantes puede que te sientas muy débil o que te desmayes".»

Federico, ahora invisible, se acercó a donde tenían el herido. Cuando llegó la ambulancia, la gente de su alrededor se apartó. Dejaron a José Damián solo un momento. Federico aprovechó para ponerle los implantes (el collar y la pulsera invisibles para todo el mundo menos para el que los llevaba). Federico se sintió débil. Se volvió visible. Tuvo que esconderse entre unas plantas para que no lo pillaran.

El doctor de la ambulancia pidió una superficie llana y dura para acostar a José Damián y ponerle vendajes antes de llevárselo al hospital.

—Las mesas de mi clase podrían servir —dijo la directora del colegio.

Cuatro personas pusieron a José Damián encima de una mesa grande. Federico los siguió a distancia y se metió dentro del armario donde la directora guardaba las chaquetas. Desde allí podía vigilar lo que ocurría a José Damián: pinzas, vendas, tijeras... La cabeza de Federico daba vueltas, tenía ganas de vomitar y la luz se le iba.

Era viernes por la tarde, después del accidente todos se fueron a casa. La directora cerró con llave el armario donde estaba Federico desmayado y después cerró la escuela.

Matilde y Damián, los padres de Federico, se desesperaron cuando vieron que no aparecía. No estaba con su amigo herido. No estaba al hospital. Los padres de José Damián no sabían nada de él. Lo buscaron toda la tarde y toda la noche. Preguntaron por todas partes. Llamaron a todos los hospitales a ver si había ingresado un niño con la descripción de Federico.

—Estoy segura que ha sido secuestrado —dijo Matilde—. Mi hijo es muy responsable, aunque esté afectado por esto, si nadie lo retuviera contra su voluntad, a estas horas hubiera vuelto a casa.

La policía necesitaba cuarenta y ocho horas desde su desaparición. De todas maneras, Damian les dio una foto de Federico a los policías que patrullaban por las calles.

Fue una noche muy larga para los padres de Federico.

—Federico está vivo, —se repetían una y otra vez.

.   .   .

Cuando Federico se espabiló de su desmayo, se encontró encerrado dentro de un armario y no recordaba nada. Empujó la puerta y no se abría. Comprendió que estaba en un armario porque miró por la cerradura y vio la mesa donde habían curado a José Damián. Entonces se acordó de todo: «Seguramente me desmayaría mientras lo curaban, la directora cerró las puertas y yo estoy encerrado en el armario donde me escondí, ¿cuánto tiempo hace de eso?»

No se oían niños. Intentó clavarse la uña al implante de la pulsera pero no tenía ni la pulsera ni el collar. Entonces lo comprendió todo. Él estaba encerrado en un armario en un colegio vacío mientras que su amigo herido llevaba los implantes de la pulsera y el collar con toda la magia y el poder de Genio. Si su amigo muriera llevando la pulsera y el collar, podría ser terrible. Genio se perdería para siempre. Federico se dio cuenta de su error. Él se quedó encerrado y no estaba vigilando a su amigo herido.

Federico se pasó mucho tiempo aporreando la puerta y gritando. Había fallado a su amigo José Damián dejándolo solo. Había fallado a sus padres que estarían buscándolo desesperados. Le había fallado a Genio, en vez de vigilar, se había quedado encerrado. Había fallado a todos. Lloraba desesperado.

Al día siguiente era sábado, acudieron las señoras de la limpieza, oyeron los gritos. Buscaron la llave y le abrieron la puerta del armario.

—¿Qué haces tú aquí dentro? —preguntó la señora asustada.

—Me quedé encerrado —contestó Federico en voz baja y preguntó por su amigo—. ¿Qué hay de José Damián?

—Bien. La gente dice que se recuperará —contestó la señora—. Ahora llamaré a la directora y todo se aclarará.

—Llame primero a mis padres, por favor —Federico le dio un papelito con el número—. Dígales que estoy aquí.

Federico se desmayó otra vez. Cuando llegaron sus padres, Federico ya estaba reanimado. La señora le había dado un trozo de su propio almuerzo y ya se encontraba mejor. Los padres lo besaron y lo abrazaron.

—Está vivo. ¡Gracias a Dios! —dijo la madre.

—Luego hablaremos —dijo el padre.

Llegó también la directora. Federico tuvo un montón de broncas por su irresponsabilidad. Escuchó en silencio manteniendo con la cabeza baja. Tuvo que dar explicaciones. Cosa que hizo pero sin mencionar a Genio.

—Cuando vi a José Damián herido me asusté. Entré a clase para ver qué le pasaba. Me escondí en un armario para que no me vieran. Supongo que me desmayaría al ver tanta sangre. Alguien cerraría el armario.

La directora le hizo prometer que no volvería a entrar a ningún sitio sin permiso.

—No voy a castigarte. Creo que con lo de tu amigo y con lo que has pasado ya es suficiente. Dejaré que tus padres te pongan el castigo.

.   .   .

Fueron a visitar a José Damián al hospital pero las enfermeras no les dejaron entrar. Según ellas José Damián estaba demasiado débil para recibir visitas y podría ser malo para él. Parecía ser que aún no estaba claro si se recuperaría o no. Llegaron a casa. Federico quiso dar explicaciones.

—Yo tenía mucho miedo a que muriera. No quería quedarme encerrado en aquel armario. Yo no quería haceros sufrir —dijo Federico avergonzado.

—Eso ya lo sabemos —contestó la madre—. Vamos a la cocina y tomarás una sopa caliente. Te dejará como nuevo.

—¿Vais a castigarme? —preguntó Federico.

—Podremos hablar de castigos cuando José Damián esté recuperado.

Federico se dio cuenta de que dudaban.

—¿Estás seguro de que José Damián no va a morir?

—Espero que no… Probablemente no.

—Es cuestión de tiempo —dijo Matilde cuando oyó la puerta de la habitación de Federico.

Federico se volvía loco en su habitación sin Genio. No paraba de llamarlo con la mente: «Genio, hazme invisible». «Genio, llévame con José Damián». «Genio, ponme imágenes en de la pantalla del ordenador». Ponía el ordenador en marcha pero no recibía ningún tipo de señal de Genio. .   .   .

José Damián, mientras tanto, estaba estabilizado, ni mejoraba ni empeoraba. Estaba en observación y no podía recibir visitas. Los padres de José Damián hacían turnos a la sala de espera por si había novedad. Los padres de Federico les ayudaban cuanto podían. Fueron unos días muy largos para Federico que era obligado a ir al colegio.

A los pocos días las enfermeras dejaron entrar las primeras visitas durante unos minutos. Federico entró. Él cogió la mano de José Damian. Intentó sacarle el implante de la pulsera. Oyó la voz de Genio: «Todavía no, has de esperar una semana más». Federico le obedeció.

Una semana después, que fue muy larga para Federico, volvió a entrar en la habitación de su amigo. Pidió quedarse solo con él unos minutos. José Damián estaba adormilado. Federico le apretó el implante de la pulsera. Genio le dijo: «Está bien, quédate con la pulsera pero déjale puesto el collar. De esta manera podrás comunicarte conmigo y te podré hacer invisible para entrar a verle cuando quieras. De momento, eso es todo». Federico hizo lo que Genio decía y se fue.

El resto fue fácil. Federico pudo seguir la evolución de su amigo a través del ordenador y podía comunicarse con Genio. El día que José Damián dejaba el hospital, Federico fue al hospital, se quedó invisible en la habitación, esperó a que se durmiera y le quitó el collar.

Por suerte aquella vez todo había acabado bien. Federico aprendió la lección de nunca más esconderse en un armario. Sus padres olvidaron el castigo del que tenían que hablar cuando José Damián se recuperase. Nadie habló de ello nunca más.

10. LA NOCHEBUENA

Llegaron las vacaciones de Navidad. Todos los niños las esperaban con impaciencia. Estaban agotados. Primero fueron los exámenes de evaluación, después la preocupación hasta que tuvieron las notas y, finalmente, la decoración del colegio y la preparación de las actuaciones para la fiesta del último día. Todos los padres quedaron impresionados por el festival.

Por fin en casa. Federico vio que su padre le estaba esperando para poner el árbol de Navidad. Y su madre quería que le ayudase a decorar la casa con motivos navideños y a poner el Belén.

—Vamos, hijo —dijo su padre—. Necesito tu opinión para poner los adornos del árbol.

—Ponlos como quieras —respondió Federico—. Estoy muy cansado.

—Dejad eso que el Belén va primero. Tenéis que ir a traer musgo. Esta tarde haremos el Belén entre el niño y yo. Cuando acabemos, decoraremos la casa con motivos navideños. Ya haréis el árbol mañana.

—¡Ni pensarlo! —dijo el padre—. Mañana es Nochebuena y ha de estar todo preparado antes. No es necesario que hagáis el Belén, con el árbol es suficiente.

—¡Se hará el Belén porque lo digo yo! —dijo Matilde con un tono de voz que daba un poco de miedo—, y se hará hoy —cambió el tono de voz—. Mañana estaré todo el día ocupado con los preparativos de la cena, el pavo, el champán... Todo ha de estar a su punto. Vendrán los abuelos del pueblo y han de quedar contentos.

—De acuerdo —dijo Damian—. Si quieres Belén, coge al niño e iros vosotros a por el musgo. Yo no voy.

—De acuerdo —dijo Matilde y se dirigió a Federico—. Vamos, hijo mío que tu padre se está haciendo viejo.

El padre venía del trabajo, estaba cansado y, cuando llegó a casa, sólo quería descansar, acostarse al sofá y mirar televisión. No fue posible, tenía que decorar el árbol.

Federico también estaba harto de preparativos pero no supo decírselo a su madre. Así, tuvo que ayudarle. Aunque a él, lo que realmente le apetecía era irse a su ordenador y tener algunas aventuras interesante con Genio.

Fue bonito el paseo con su madre. Pero el encanto se rompió al entrar al primer centro comercial. Se les había olvidado comprar paja para el pesebre y nieve para las montañas. Fueron a cuatro centros comerciales y no encontraron. Ella tuvo la oportunidad de comprar unas cuantas cosas mas para la casa. Federico miraba los juguetes. Su madre acabó comprándole un juego de ordenador para aprender inglés. Ese día fueron unos más entre los miles de ciudadanos del mundo que entran a un centro comercial para comprar una o dos cosas y salen con el carro lleno. La gente se llevaba de todo en grandes cantidades, como si el mundo se fuera a acabar después de estas fiestas. Al final Federico estaba cansado de esperar y de hacer colas para pagar.

—Tú puedes llamar a la abuela del pueblo y ella nos traerá la paja. En el pueblo hay paja, tierra, hierba, piedras y de todo. En lugar de nieve pondremos harina. ¡Vamos a casa! —dijo Federico.

—Pero la abuela llegará a las ocho, es casi a hora de cenar —dijo Matilde—. Entonces yo no podré hacerme cargo del Belén, estaré haciendo la cena.

—No te preocupes por la paja —aclaró Federico—. Jesús no nace hasta las doce de la noche. Yo acabaré el Belén —prometió Federico.

Aquella noche Federico cayó rendido a la cama. Genio le estaba esperando.

—Un día movido, ¿eh? —dijo Genio.

—Yo no puedo hacer nada más —dijo Federico sin moverse para no despertarse de la dulce somnolencia que tenía.

—No, no es nada urgente —dijo Genio—. Lo podemos dejar para mañana. Buenas noches.

El día de Nochebuena hubo mucho trabajo con los preparativos pero a mediodía ya estaba el árbol montado y todo en su sitio. Todos estaban muy contentos. Federico tenía la tarde libre para salir con José Damián o para lo que quisiera.

—Iré a descansar a mi habitación —dijo Federico—. Tal vez pruebe el nuevo juego de ordenador.

—¡Ya estoy aquí, Genio! ¿Qué tenemos para hoy?

—Si tú quisieras, podríamos hacer muchas cosas.

—¡Comencemos!

En la pantalla del ordenador apareció un parque céntrico que tenía fama de estar siempre lleno de vagabundos y de ser intransitable por la noche a no ser que uno quisiera poner en peligro su vida. Aquel día de Nochebuena no había nadie paseando. Sin embargo, los bancos estaban casi todos ocupados. Había un vagabundo sentado en cada banco. Parecía que estaban reservando su cama para pasar la noche. Algunos tenían un bocadillo y una botella de vino en la mochila. Otros no tenían nada.

.   .   .   .   .

—Me gustaría poder darles a cada uno una buena cena como la que tendremos esta noche en casa con champagne y turrón. Y les daría una manta a cada uno —dijo Federico.

—He de hablar todavía con Santa Claus —dijo Genio—. Pero creo que será posible.

—Entonces, podemos buscarles un trabajo también —sugirió Federico.

—Pienso que eso es más difícil —dijo Genio—. Pero, de todas maneras, ya pensaremos en alguna cosa. Veamos más gente que necesita nuestra ayuda.

.   .   .

Apareció en pantalla una anciana. Hablaba con su gato al que llamaba Renato. Mirando su casa tuvieron la sensación de estar en otra época. Desde que se quedó viuda, la Navidad fue un día ordinario. No había decoración navideña, ni cena especial.

—Esa es la mujer que nos echó a escobazos el día que nos sentamos sobre su escalera, esperando a un amigo que vivía en su finca, por lo que a ésa, yo no me acerco —dijo Federico.

—No te preocupes, irás disfrazado —explicó Genio—. ¿Sabes por qué os trató tan mal? Pues, porque os confundió con un grupo de chavales que se sentaban muchas veces allí, se habían burlado de ella y tirado papeles.

—Ya, pero podría asegurarse, mirar bien antes de pegar —y continuó—, creo que tiene un hijo. He oído decir que su hijo es un importante arquitecto en América.

—Sí, tiene un hijo —confirmó Genio—, pero él no puede estar con ella esta noche. Él está casado con una multimillonaria y esta noche tienen un compromiso social muy importante. Uno de los invitados a la cena le ha de ayudar en su carrera profesional. Tienen que ir.

—Deseo que esa mujer tenga una buena cena y alguien que le haga compañía. Está muy sola.

—Haremos lo que podamos —dijo Genio—. Ahora vamos a ver más gente que nos necesita.

. . .

La siguiente imagen en el ordenador fue la fachada de un orfanato. Luego se vieron unos niños y niñas, todos vestidos igual. No tenían nada ni nadie en este mundo. Era la hora de la siesta. Estaban en sus habitaciones quietos y callados de acuerdo con las normas. Estaban esperando algo.

—Esta Nochebuena no habrá regalos ni cena especial. El presupuesto no da para más —decía una de las monjas.

—Si no hay dinero no podemos hacer nada... —decía la otra monja.

. . .

—Me gustaría que todos esos niños fuesen felices, que tuvieran una buena cena, turrón y regalos; que todos pudieran cantar villancicos en una gran fiesta; que Santa Claus le trajera a cada niño el regalo que más ilusión le hace y que alguien regalase una gran cantidad de dinero para el orfanato.

—Quizá podamos hacer que todo eso se haga realidad —dijo Genio—. Ya veremos si Papá Noel... Vamos a otra cosa.

. . .

Estaba la casa de José Damián en pantalla. Maite La Copiona, una chavala que tenía fama de copiar en los exámenes sin que la pillaran, estaba llamando a su puerta. Abrió la madre de José Damián.

—José Damián está en su habitación haciendo problemas de matemáticas, no se le puede molestar.

—¿Le importa que vaya a su habitación?

María se encogió de hombros y Maite le dio una caja de mantecados en una bolsa de plástico.

—Tenga. ¡Feliz Navidad!

—Gracias, no era necesario dijo María, pero La Copiona ya estaba llamando a la puerta de la habitación invitándose a entrar ella misma.

.   .   .

A Federico le dio un salto al corazón. La Copiona había intentado hacerle chantaje a Federico para que le dejara copiar. Todavía temblaba al pensar en ello.

—Genio, no podemos permitir que ella copie.

.   .   .

Se vio la habitación de José Damián. La Copiona y él estaban discutiendo acaloradamente. El tono subía cada vez más.

—Yo, si quieres, te lo explico, pero no te puedo dejar copiar —gritaba José Damián.

—Las explicaciones son para los tontos —dijo La Copiona—.Tu madre ha aceptado mi regalo, así que ahora me has de hacer los deberes. Si no me ayudas le diré a tu madre que has intentado besarme y hacer otras cosas. Te castigarán durante un mes.

—¿Yo? Yo no puedo tratar de palpar y besar a un parásito como tú. ¿Tú alucinas? ¿Qué más?

María entró en la habitación. Estaban tan discutiendo enfurecidamente y no oyeron a María.

—¡Eres el empollón más imbécil que he visto nunca! —dijo La Copiona y tiró todo lo que había encima del escritorio.

—¡No tan imbécil como para dejarte copiar! ¡Vete! No vas a encontrar nadie que te deje copiar —le decía José Damián lanzándole todo lo que encontraba.

La persiguió hasta la puerta de la calle. Cuando ya había cruzado la puerta de la calle, José Damián le lanzó la caja de mantecados antes de cerrar la puerta.

—Llévate tu regalo. Te servirá para hacerle chantaje a otro.

.   .   .

Federico estaba satisfecho de José Damián.

—Así se hace, José.

—Pienso que tu amigo ha actuado mal —dijo Genio— La Copiona también es un ser humano. Alguien le debería abrir los ojos.

—¿Yo?...¡No!

—De momento, prepárate —contestó Genio—. Antes que acaben las vacaciones la tendrás a tu puerta con el mismo propósito. Hemos de pensar algo para que cambie su actitud. Vayamos a algo más.

.   .   .

Apareció en la pantalla del ordenador el señor José. Era un profesor solitario que nunca se había casado y sólo salía de casa para ir a trabajar. Vivía sólo para su trabajo. Los niños se aprovechaban de su bondad. Lo querían. Los más malos estudiantes le llamaban Woody Allen porque era muy feo y delgado. Aquella Nochebuena iba a ser para él un día cualquiera. Miraría la televisión un rato y se acostaría.

—Me gustaría que todo el mundo olvidara sus apodos —dijo Federico—. Si no fuera tan vergonzoso podría tener una cita con la directora del colegio. Los dos son muy buenas personas pero muy feos.

—No está mal la idea —dijo Genio—. Sé que ella se quedó viuda hace un año y ya no está de duelo. Pensaré en tu sugerencia.

—¡Ni de broma! ¡Son demasiado tímidos!

Federico dejó el ordenador y bajó a cenar. Habían llegado los abuelos a los que no veía desde hacía tiempo. La abuela del pueblo le había traído unas cosas para el Belén. Federico lo acabó con mucho gusto. Cenaron toda la familia junta muy temprano como todos los años a esta época. Su madre fue una excelente anfitriona una vez más con la vajilla que le habían regalado para el día de la madre. Todo fue de maravilla. Al acabar, Federico dijo que le dolía el estómago. Se tomó una limonada y se fue a su habitación. Dejó a los mayores hablando.

—Ya estoy aquí, Genio —dijo Federico mientras se sentaba frente al ordenador—. ¿Has pensado de dónde sacaremos la comida, las mantas y los juguetes para toda esta gente?

—Sí —respondió Genio—. Mientras tú cenabas, he hablado con Papá Noel y todo está bajo control.

—¿De verdad puedes hablar con Papá Noel?

—preguntó Federico sorprendido—. La primera vez que lo has nombrado, he pensado que te estabas tirando un farol, pero ahora, comienzo a creérmelo. ¿Podré verle y hablar con él como en las películas?

—No, me parece que no —dijo Genio—. Pero podrás ser su ayudante y representante esta noche.

—Será un honor para mí —dijo Federico—. Comencemos.

—Cierra los ojos y concéntrate —ordenó Genio—. Yo te llevaré a la escena y tú me tienes que pedir todo lo que necesites.

Federico se vio paseando por aquel parque. Iba vestido de Papá Noel. Era alto y fuerte. Tenía voz de hombre.

—¡Guau!

Los vagabundos estaban en silencio, medio adormilados, cada uno en su banco. La única parte del parque donde había sitio para montar una mesa era el centro donde estaba la fuente y el estanque de los patos. Allí llegaban todos los caminos. Era el sitio ideal.

—Pon muchas mesas pequeñas juntas alrededor de la fuente y el estante de los patos. Deben tener bonitos manteles. Cada invitado tendrá su menú con entrantes, pavo, postres, champán y café —dijo Federico.

Federico miró hacia la fuente y el estante. Vio que ya estaban las mesas preparadas. Había sillas para todos. La comida ya estaba lista en bandejas especiales para que no se enfriara.

—Ahora debes llamarlos de uno en uno para la cena —dijo Genio—. No te olvides de decirles Santa

Claus les ha dejado una sorpresa debajo de las bandejas.

Federico siguió las instrucciones. Los vagabundos se extrañaron un poco de ver a Papá Noel. Habían dejado de creer en muchas cosas hacía tiempo. Cuando oyeron la palabra comida, todos se fueron a la mesa y se sentaron.

. . .

Federico ya estaba a salvo en su habitación. Vio desde el ordenador cómo los vagabundos comían y hablaban entre ellos de lo extraña y afortunada que había sido la aparición de aquella cena y de lo deliciosa que estaba.

. . .

—Ahora visitaremos a Antonia, la viejecita que os pegó con la escoba que vive sola con su gato Renato —dijo Genio.

Se la vio en la pantalla, estaba a punto de cenar.

—Tengo una idea —dijo Federico—. Vamos a buscar a otra solitaria y las juntamos.

—La del quinto vive sola. Es una señora soltera ya mayor llamada Angelita, dicen que es muy generosa —dijo Genio—. Vamos a intentarlo. Cierra los ojos, concéntrate y te llevaré.

Federico se vio en el quinto piso, con aspecto de hombre, vestido de Papá Noel, delante de la puerta de Angelita.

—Necesito un carrito de ruedas con una maravillosa cena, turrones, champagne y de todo.

Un carrito con la comida apareció ante él. Federico llamó a la puerta. La mujer salió.

—No había pedido nada, lo siento —dijo Angelita.

—Ya lo sé —contestó Federico-Papá Noel—. Esto es un obsequio de Antonia, la señora del primero; le gustaría subirse un rato aquí.

—No era necesario —dijo Angelita—. Pero... Gracias. Dígale que se suba y lo compartiremos.

Federico-Papá Noel cogió el ascensor y fue al primer piso. De camino pidió otro carrito con cena parecido al anterior. Llamó al timbre.

—Le traigo un obsequio —dijo Federico-Papa Noel.

—No le pienso dar ni un céntimo —interrumpió ella—. Justo ahora empezaba a cenar.

Detrás de ella estaba la mesa puesta.

—No me ha entendido. Esto es un regalo de la señora del quinto.

Cuando oyó la palabra regalo, Antonia le dejó seguir hablando.

—La invita a pasar un rato juntas. Si quiere puede subir.

—¡Ah, muy bien!, gracias —dijo ella indecisa—. Subiré.

.   .   .

En habitación Federico vio por la pantalla del ordenador a Antonia. Se puso a mirar las delicias que había en el carro. Estiró el carro hacia dentro de casa. Se quitó la bata y se puso un vestido nuevo y unos zapatos. Le dio el plato de patatas (que tenía preparadas para cenar) al gato. Cogió el carrito y se dirigió al ascensor.

.   .   .

La siguiente escena que vieron Genio y Federico en la pantalla del ordenador fue la de las dos ancianas que se encontraron cenando juntas riéndose al descubrir que aquella deliciosa cena no la habían pagado.

—Es lo más gracioso que me ha pasado en veinte años.

—¿Qué tal si disfrutamos de esta maravillosa cena? Luego podemos ir a ver la misa del gallo.

—Buena idea.

.   .   .

Federico y Genio dejaron a las dos ancianas cenando y pasaron a imagine muy tristes: el orfanato. Llamaban a los niños para cenar.

—Hazme invisible y llévame al comedor —pidió Federico.

.   .   .

Federico estaba invisible en el orfanato, miró por el vidrio de la puerta de la cocina lo que había para cenar. Daba lástima la falta de comida y de lujos.

—Genio, quisiera que cada uno tuviera una cena especial de esta noche —pidió Federico—. Todas las habitaciones deben estar decoradas con motivos navideños y, a la entrada ha de haber un gran árbol con regalos para todos debajo.

Federico miró a su alrededor y vio el comedor decorado de forma parecida a su propia casa. En la mesa del comedor había todo, justo como él se lo había imaginado.

Federico entró en la cocina y pidió la misma cena para los trabajadores y para las monjas que cuidaban a los niños.

—¡Mirad! —dijeron las monjas al verlo—. Gracias, Dios mío.

Sonó el timbre de la puerta del orfanato. Era alguien con un cheque con muchos ceros. Era un donativo de una persona anónima para los niños del orfanato.

—Vamos a llamar a los niños. Esto hay que celebrarlo.

.   .   .

Ya en la habitación Federico otra vez, dejó a los niños del orfanato cenando y fue con el señor José quien apareció en pantalla, el maestro solitario que nunca se había casado por ser demasiado tímido. Todos sabían que, aunque era muy feo, tenía un gran corazón.

—Vísteme de Papá Noel y llévame delante de la casa de la directora con un carrito portátil y cena especial.

.   .   .

Federico se vio con su dedo llamando al timbre de la directora. Vio que la puerta se abría.

—Señora. Le traigo este obsequio de parte del señor José —dijo Federico-Papá Noel con cierto miedo a que le reconociese.

—¡José! ¿El profesor de matemáticas? —dijo ella sorprendida.

—Si, señora. Me ha pedido que le diga que, si usted no tiene inconveniente, le gustaría compartir con usted la cena. Está muy solo.

—¡Cenar! —decía ella sonriendo y encogiéndose de hombros—. ¡No hay problema!

—De acuerdo —dijo Federico-Papá Noel—. Le diré que venga.

Mientras Maruja, la directora se ponía ropa nueva y se maquillaba. Federico fue trasladado donde vivía José, el maestro solitario.

—Necesito una gran cesta de Navidad de regalo.

.   .   .

Federico que iba vestido de Papá Noel, tocó el timbre. Le abrió el señor José.

—Esto es de parte de sus alumnos —dijo Federico-Papá Noel.

—¿De verdad?

El señor José lo abrazó. Al ver que no le había reconocido, Federico siguió hablando.

—Señor, ha dicho la señora Maruja que esta noche puede cenar con ella ya que tiene mucha comida.

—¡Fantástico! —dijo el señor José—. Así compartiré esta cesta con alguien.

Federico le dio la dirección de ella y se fue. Don José se quedó pensativo un momento. Luego fue a ducharse y a ponerse ropa nueva.

.   .   .

En la pantalla del ordenador Genio y Federico miraban cuando el señor José entraba a casa de la señora Maruja. Los dos estaban nerviosos, dándose las gracias por todo.

—¿Tú crees que llegarán a algo? —preguntó Federico—. Son tan tímidos…

—Sí —contestó Genio—. El regalo de Papá Noel para ellos es el amor.

. . .

Hubo un cambio en la pantalla. Aparecieron los vagabundos. Habían acabado de cenar y estaban tomando café. Uno de ellos miró debajo de la bandeja. Todos se acordaron del papel escrito de debajo de la bandeja y lo leyeron: «Se necesitan voluntarios para campos yermos. De momento, el dueño ofrece comida y un sitio para dormir... Tan pronto como los campos sean productivos, necesitará trabajadores a los que ofrecerá sueldo, contrato y seguridad social».

—Son unos oportunistas —dijo uno con malicia.

—Me da igual —dijo otro—. Puede ser una manera de comenzar. Vosotros podéis hacer lo que queráis, yo iré.

—Y yo también iré.

—Y yo.

Ellos se fueron a dormir a los bancos donde, ¡sorpresa!, había una manta para cada uno. Más de uno miró hacia arriba con ilusión.

—Si todo va bien, está será la última noche de vagabundo —decían otros.

. . .

Federico fue enviado al orfanato. Los niños y niñas habían acabado de cenar y esperaban callados la orden de levantarse. Una monja salió a los servicios y vio el gran árbol de Navidad con adornos y regalos por todas partes. Federico, vestido de Papá Noel apareció junto al árbol.

—¡Eh todos! ¡Venid aquí! Ha venido Papá Noel. Hay regalos para todos.

Todos los niños fueron. Federico-Papá Noel repartía los regalos. Cada niño tenía un paquete a su nombre. Las caras de los niños cuando vieron los regalos era algo indescriptible: alegría, sorpresa, esperanza...

—Gracias, Papá Noel. Sabía que vendrías —le decían.

Juanito, que era un niño huérfano muy bueno en música y muy aficionado a la guitarra, tenía una guitarra. Se puso tan contento que la probó y consiguió sacar un villancico. El resto de los niños le acompañaron cantando.

—Tengo una idea —dijo una monja joven—. ¿Qué tal si cogemos cirios y nos vamos a cantar villancicos por toda la ciudad?

—¡Buena idea! —dijo la directora—. Así Juanito podrá practicar con su guitarra.

.   .   .

Federico tuvo que dejar su habitación para bajar a abrir regalos. Igual que el resto de miembros de la familia, él también encontró un paquete con su nombre bajo el árbol. Se emocionó, era el juego de consola que quería. El resto de la noche fue tranquila.

.   .   .

Pasados los dos días de Navidad, Federico se acordó de Maite La Copiona.

—Genio, ¿has pensado ya qué haremos con La Copiona?

—Voy a contarte la historia de dos amigos, Jacinto y Jaime —dijo Genio—. Espero que sepas cómo usarla. «Había una vez dos chavales de la misma edad. Eran vecinos y amigos también. Cuando eran pequeños se repartían el trabajo. Cada uno hacía sólo lo que le gustaba. En clase se sentaban juntos, Jacinto era el líder y dejaba copiar a Jaime que no comprendía, especialmente en Matemáticas. Sin embargo, al patio, Jaime era el líder y siempre protegía al pobre Jacinto que era muy débil y sin coraje para enfrentarse a nada. Tal y como iban creciendo, este sistema funcionaba cada vez menos. Un día el profesor de matemáticas puso exámenes diferentes a las personas que se sentaban juntas... Al no poder copiar, Jaime suspendió... Todos descubrieron que había estado copiando y se rieron de él. La madre de Jacinto le prohibió a su hijo dejar copiar más a Jaime. Los problemas no acabaron ahí. Jaime se puso enfermo, unos chicos se metieron con Jacinto y le pegaron. Nadie lo defendió. La madre de Jaime pidió a su hijo que no defendiera a Jacinto nunca más. A pesar de la actitud de las madres, Jacinto y Jaime siguieron siendo amigos y ayudándose, aunque de manera más discreta. Jaime se esforzó en aprender matemáticas y en resolver los problemas solo, cuando tenía dudas (casi siempre) le preguntaba a su amigo Jacinto que se lo explicaba con mucho gusto. Los primeros problemas que intentó estaban casi todos mal, pero con constancia y con el apoyo de su amigo, consiguió mejorar. Jacinto también aprendió a tratar a los valentones. Normalmente lo conseguía solo pero, si la cosa se complicaba, Jaime le echaba una mano gustoso. Aquella colaboración duró para siempre. Nada pudo romper nunca aquella bonita amistad porque ellos no lo permitieron.»

Sonó el timbre. Federico miró por la ventana. La Copiona estaba fuera con la caja de mantecados en una bolsa de plástico.

—Tengo una idea, Genio —dijo Federico—. ¿Podrías imprimirme el cuento que acabas de contarme en un minuto?

—Será un placer —contestó Genio.

—Un momento —dijo Federico—. Quiero que añadas esta nota al cuento: «Lee la teoría. Resuelve tantos problemas como puedas sin ayuda, y cuando ya no puedas continuar, llámame por teléfono e iré a tu casa. Yo también necesito unos consejos sobre unas láminas de dibujo de una persona con buen gusto estético como tú. Hasta pronto. Federico».

Llegó Maite. La recibió Matilde. Federico no la dejó entrar en su habitación. Le dio un sobre cerrado con el cuento y la nota que acababa de imprimir. Le apuntó el número de teléfono al sobre. Federico le dijo unas palabras.

—Aquí tienes todo lo que necesitabas de Matemáticas. No puedo atenderte ahora porque estoy ocupado con el ordenador. Si tienes alguna duda, llámame por teléfono.

—Gracias —dijo Maite con sorpresa.

—Adiós —dijo Federico.

Cuando Federico vio que ella se iba sonrió. «Menos mal que no me ha sacado la caja de mantecados.»

Los días pasaron y Maite no llamaba. Ya se acababan las vacaciones de Navidad cuando llamó Maite que estaba muy nerviosa, por teléfono una tarde. Ella le preguntó a Federico un montón de dudas sobre matemáticas. Parecía ser que había decidido intentar trabajar como los chicos del cuento. Federico debía pasarse por casa de Maite a explicárselo y se trajo su lámina de dibujo para pedirle ayuda a ella. Fue el principio de una larga amistad.

.   .   .

Unos meses más tarde, su amigo, que vivía en el mismo edificio de pisos que Antonia, la anciana de los escobazos, le dijo a Federico que la anciana se había hecho amiga de otra mujer mayor del mismo edificio de pisos. Ellas iban a pasear juntas, eran simpáticas y sus vidas habían cambiado mucho.

.   .   .

En el colegio corrieron rumores de que el señor José, el profesor de matemáticas, y la señora Maruja, la directora del colegio salían juntos todas las tardes hacia casa. Seis meses más tarde se casaron. Nunca más estarían solos gracias a la ayuda de Papá Noel.

Al principio, cuando Federico conoció a Genio, el chico tenía dudas. Ahora ya no tenía ninguna. Ahora estaba seguro: Genio era bueno. Después de las aventuras que habían vivido juntos aquella Navidad, su amistad había crecido. Ya nada sería imposible. No había límites para sus aventuras. ¿Qué importaba si eran un sueño o eran realidad?

FREDERICK AND HIS GOBLIN

CONTENTS (p.107)

1. WHO WAS FREDERICK?

According to his parents Frederick was the most handsome and wanted baby in the world.   Damian and Matilda, his parents, didn't have much money, he was a messenger at the Town Hall and she was a secretary there. When Frederick was born, Matilda asked to leave work to be with her child. Damien started a second job as a waiter to have a weekend bonus. All their hopes and savings were for their child.

Every Christmas half of the toy store was piled in his room. Frederick grew, and every birthday they added a candle on the cake, so the presents were bigger, both in cost and size. When he blew his candles out, Frederick closed his eyes and focused all his thoughts on only one wish: "I want to dream".

'I want to be an astronaut,' he told his father.

Dad bought him a fabulous spaceship with red and yellow lights and green spacemen that even said a few words. When Frederick was an astronaut he got tired of hearing the same words every day. He stopped dreaming about being an astronaut. 'I want to be a doctor.'

Frederick dreamed of becoming a doctor. His parents bought him all the outfits and equipment: beds, nurses and needles. Quickly he was tired of being a doctor and he stopped dreaming about that.

Later he dreamed of becoming a pilot. He got everything and then stopped dreaming. He also wanted to be a tamer. All his dreams finished in the same way.

For his First Communion Joseph Damien's grandmothers gave him his first computer. Frederick could not be less important than his friend Joseph Damien; Frederick was given a computer too, although his parents had to buy it on credit. Both boys went to an academy to learn computer science. Frederick demonstrated great talent, he could reach unexpected limits. When his parents were struck with a computer program and they did not know how to solve it, Frederick solved it. His father was very proud of Frederick, and he tried to make sure that his son had the latest technical information in informatics, according to his finances.

Frederick also liked console games and computer games. If he asked for something, his parents bought it as soon as they could. Frederick was very good at passing all the screens of the games. He was better than his father who was a big fan of these games.

An unusual fair arrived in his city during the feasts. They went to the fair and spent a pleasant afternoon together. They ate *churros*. When they left, a strange magician dressed as a clown sold them a computer game.

'Come and try these never seen before,' shouted the wizard. 'You can test it at home. If you are not satisfied, I'll give you your money back tomorrow.'

They bought one. They went home and installed it in their computer. They tried to start the game, but it didn't work.

'What a cheat!' said Dad. 'Tomorrow we will return it.'

The next day they went to the fair and the magician had gone. As they couldn't do anything, they left the disc in a drawer and forgot about it.

That night, while Frederick was trying to sleep, he thought "I want to dream". The computer turned on.

'Some hackers have got into my computer,' the boy said.

He got up and disconnected it from the power. He went to bed. He tried to sleep. Moments later, the computer turned itself on again.

'Dad!'

When his father came and he told him what had happened he didn't believe him.

'You've been dreaming. How can a computer turn on after being disconnected? Go to bed and sleep.'

Frederick could not sleep and returned to the game they had bought at the fair. He tried it and it worked. It was a game to develop intelligence and imagination. Frederick fitted to the game perfectly, and he passed the twenty-five stages, until he arrived at a stage where he read "Do you want to make your dreams a reality?" Quickly Frederick clicked "OK". "What is your dream?" Frederick wrote "I would like to have a goblin to help me dream, to be special, to live a different adventure every day."

Federico clicked "OK" again. He was convinced that what he had written was not in the programme but, surprisingly, the programme continued. It requested a secret key. He wrote "I want to dream".

2. THE GOBLIN

The next day, when he had free time in the afternoon, as Frederick was not too sure if the goblin and his secret key was a dream or reality, he turned the computer on and opened the fair programme again. Instead of beginning with the first stage of the game, he asked for the secret key.

"I want to dream", he wrote.

A box to write in appeared. Federico wrote in it.

"I have many questions."

Then he clicked "OK."

On the screen three lights appeared: red, yellow and green. And the instructions of the programme: "You can ask whatever you want. If it is true, a green light; if it is false, a red light, if I have doubts or I don't know, yellow light shows."

Frederick had his doubts that this may be true, but he liked the game and he went on it. That afternoon was wonderful for Frederick.

"Do you promise me you are always telling the truth?"

Green light.

After asking many questions, he didn't find the game of lights exciting. He stopped dreaming.

"If you are really a goblin, I want you to leave my computer and come here to me, I want to see you and speak with you directly. Can you do that?"

Yellow light.

"Can I tell my parents what we have been talking about?"

Red light.

"OK. It will be our secret. Goodbye."

The child could not sleep. He couldn't stop thinking about what had happened. He thought "I don't know if what I saw is a dream or reality, but I..."

'I want to dream,' said Frederick aloud.

The computer program started with his voice. A blurred image appeared and disappeared.

'Who are you?' asked the boy. 'And don't try to do anything to me or I'll call my father.'

'Your father can't see me,' said a squeaky voice. 'I'm a goblin. I'm magic. I appeared because you wanted to dream.'

'Well,' said the incredulous boy. Let's see what you can do.'

'First it's your turn.'

The goblin explained that once he was human, and he wanted to disappear because his existence was insubstantial. He wanted something else. A magician locked him in the computer game and left him there until someone, who really wanted to dream, bought it, someone who wanted to be his hands and his voice to solve the problems in the world.

'That's me? Are you joking?' said the boy.

'No.'

'What do I have to do?' asked he.

'Look, Frederick. You can call me Genius, to understand each other. I can know everything about anyone but I can't do anything. I can't use my hands and if I should appear to someone, I'm so strange that surely they'll call the police.'

'I want to see you, said Frederick.

'No, said Genius. 'You'll make fun of me.'

'I promise I will not make fun of you. I kept our secret, right?

Genius appeared as he was in the computer screen, a brown-green silhouette, short and thin. Frederick stretched out his hand to touch Genius. He felt something strange when he touched him. Genius shrank back a bit but he didn't say anything. Genius came out and stood on the desk next to the computer. He had a squeaky voice.

'Sorry for being disfigured' said Genius. 'I have been enclosed for a long time.'

'Don't worry,' said Frederick. 'I want you to be a beautiful goblin.'

Genius appearance changed. He became a handsome goblin boy with violet hair.

'Wow!' the boy said. 'We aren't so different. Can we be friends?'

'We already are friends,' said Genius. 'You are my much needed friend; we will help the world together. You will be my voice and my hands and I'll protect you so that nothing bad happens to you.'

'What about homework? What about school? What about my friends?' asked Frederick.

'Everything will be the same, even better.'

The inopportune entry of his mother to remind him of something for the next day surprised him and he got angry.

'Did you remember? Tomorrow you must go...'

'You've been a thousand times, Mum, knock at the door before coming into my room. There is no privacy, nothing!' said the boy angrily.

'Sorry, I was in a hurry, and...I sometimes forget that you are older.'

'You are welcome. But you must knock at the door. Did you hear me while I was practicing?'

'No, I didn't,' said Mum. 'You must turn off the computer and read a bit.'

'All right,' said Frederick.

When his mother had gone out Frederick sighed with relief. Suddenly, he saw the goblin on the desk where he had stayed.

'She can't see me or hear me,' said the goblin. 'Only you can. You don't need to use your voice. I can communicate with you through your mind.'

'Bye, Frederick,' said Genius. 'You must obey your mother. When you want to see me you know the password.'

'Until tomorrow, Genius. Good night,' said Frederick before he fell asleep.

Although he hardly slept, the next day he felt like a new person. As if he was another person. He could not speak with Genius in the morning because his mother never stopped coming in and out. He went to school and to the football field. He kept busy all day. At night, he locked himself in his room and thought "I want to dream."

'What about your journey?' said Genius as he appeared on the computer screen.

'It was the best day of my life. Everything was fantastic. I played with my friends as never before. Even my classes no longer seemed boring.'

'It's normal. If you separate all your negative feelings, you feel good about yourself and you are happy.'

'Thanks, Genius,' said Frederick. 'This world is a wonderful place to live. Where are the bad guys we have to catch?'

'Everything has its process,' said Genius. 'Even 007 Agent has his secret weapons.'

'Go on with it!'

'First the oath' said Genius. 'Repeat with me "I pledge to do good".'

'I pledge to do good,' repeated Frederick. 'And now you must repeat I pledge to protect Frederick at all times.'

'I pledge to protect Federico at all times,' repeated Genius. 'I've already installed your magic implants for you. Look at your necklace and bracelet on your right hand; they are a symbol of our alliance. Only you can see them. From now you only live to help people who need you. I will communicate with you through them, I will call you when someone needs your help, and you will have to go. You must find an excuse from whatever you're doing and go. If you need my magic press the implant of our alliance, and I'll help you.'

'How can we talk?' asked Frederick. 'I can't carry the computer everywhere.'

'The computer is only going to be used to show you some images. As you've got the implants, you are going to listen to me directly in your head.'

'And someone can see me talking to myself...'

'Nobody will see you talking to myself,' said Genius. 'From now on I will communicate directly with your mind. It's enough that you think about something, and I hear it.'

'Well, Frederick, I have to become invisible,' said Genius. 'I've already spent my material time remaining in this world. You will not see me anymore. My silhouette will disappear forever. I will continue communicating with you through your mind. Remember, when you need my magic, press your implant in your necklace or into your bracelet.'

'I do not understand,' said Frederick disappointedly. 'Now I have found a special friend and I am very happy. Why do you have to go?'

'I'll live through you.'

'How long?' asked Frederick uncertainly.

'Don't worry. When it is time I'll definitely come, we'll know,' said Genius. 'Great adventures are waiting for us. Now you must sleep.'

His mother came into his room to say good night.

'Look. Do you like my necklace? And my bracelet?' asked Frederick to check if his mother could see his implants.

'What necklace? What bracelet? You're kidding, right? You don't have anything on your neck nor on your wrist, I think it's time to sleep.'

Frederick realized that his mother had not seen or heard anything. She just said him good night to him as always.

That night Frederick was very nervous. He was looking at the things in his room and he did not like them, it looked like a baby's room. It was difficult to distinguish between fantasy and reality. He couldn't fit the pieces together in his head. Suddenly he felt anxious to think that Genius could have gone forever. He pressed his implants of the bracelet on his right arm, because he was nervous he pressed again two or three more times.

'Only press once,' he heard in his ear. 'Do you not remember what happens when you click on a computer programme several times?'

'It freezes!' said Frederick. 'You aren't a computer programme, you are my friend.'

'Unfortunately, both,' said Genius. 'What did you want?'

'Don't go! I can't sleep! Keep me company!'

'All right,' said Genius. 'I will keep talking until you fall asleep.'

3. THE BEST MOTHER IN THE WORLD

That night, lying in his bed, Frederick tried to put the pieces of that puzzle in order. He thought: "Genius doesn't seem bad. It isn't wrong to make my dreams real or help people. But who's going to help me? I need help as well. My mother is the best in the world. But he is obsessed; she overprotects me so much that she distresses me. I could do so much... Material things aren't always enough. I would like to spend more time with my father. I'd like him to take me to play football, work less and spend more time at home. I don't know. I'd like to go hiking the three of us (Mum, Dad and me). At school things are not going well. There is ill feeling with my friends. Although we all play together again, things have not gone back to as they were. I used to love my family, my room and my school, but now I don't know... I feel very alone".

'You're not alone,' said the shrill voice of Genius which Frederick had not got used to yet. 'Do you remember that I promised to help you if you asked?'

'Yes,' said Frederick. 'Tomorrow I will speak with my parents and my friends, and I'll try to make them see reason.'

'It's not necessary,' interrupted Genius. 'Tonight you were talking in your sleep and I think they have talked. Tomorrow you will notice the change. Now, go to bed.'

The next day Frederick was awake an hour before the alarm clock went off.

'Come on, get up!'

Frederick threw punches in the air trying to hit him.

'Let me sleep.'

Genius didn't stopped talking until he had woken up.

'We'll begin by decorating your room as you would like,' said Genius.

'How? What?'

'Let's take all these soft toys and any others which you don't like now. We'll put them in a cardboard box. Then replace them with these posters which you love, cars, pop singers and computer things.'

'Did you say we?' said Frederick. 'You too.'

'You know I can't work. Just magic. I'll tell you where to put everything.'

'What an opportunity!'

As two roommates would have done, Frederick and Genius rearranged their room, and found the best place for everything.

'Good job! It doesn't seem possible to have done what we have in half an hour. Thanks, Genius.'

'You are welcome!' said Genius. 'Watch the computer screen; I have another surprise for you.'

His parents appeared on the screen. They had a very interesting conversation. They should have had it long time ago.

'Finally they agreed'

'Here is your mother to wake you up,' said Genius. 'Don't forget to ask her to let you go camping next weekend. Good luck!'

Frederick who was still wearing his pyjamas, turned off the light, lay down on the bed and pretended to be asleep.

'What are you doing awake at this time?' asked his mother just as she turned on the light. 'Wow! What a change!'

'Do you like it?'

'Yes, very much. When did you do this?'

'This morning I woke up early. Here is a box of teddy bears and toys.'

Mum ran out running, and she brought Dad holding his hand to show him the room. Both of them congratulated him on the changes.

'My son, we've been talking tonight' said his father. Do you remember that job as a waiter that I had at nights and weekends to earn extra money?' When he saw that Frederick was nodding he continued. 'We've been talking, economically we aren't too bad, and we have finished paying for the house and everything we need. Now I can spend more time at home. On Saturdays and Sundays we can go to the football field, and during the week I will come to see you train or bring you home when you finish, if you decide to sign up for football, of course.'

'Really?'
'Yes.'
'And can I go camping next weekend?'

'Yes,' said his mother, and she continued. 'Dad and I, since you were born; we have been trying to protect you from everything... Now I realise that I have been suffocating you.'

'It's OK,' Mum. 'But I can do most things on my own... What did you want to tell me?'

'Mum wanted to say that she is doing workshops, and she will return to work at the Town Hall soon,' intervened Dad.

'Well! Genius was right!'

'Who is Genius?

'Nothing. A dream I had...'

'One more thing,' said Frederick. Don't hug me again in front of my friends!'

'There are no friends here now... We can hug each other...'

Frederick hugged his parents before going to school. At last he was happy and safe from expressing his opinion. For so long he had wanted to tell his mother that he was too old to be taken to school holding her hand and to kiss and hug in front of his friends...

4. THE DOG: MAN'S BEST FRIEND

Every day Frederick was more and more involved in his classmates. He used to bring colleagues to play at home or do homework. He had started at the football team, and although they hardly scored, they had a great time, especially since his father came to see him play. His best friend was Joseph Damien, a tall and stocky boy who usually wore a tracksuit. By contrast, Frederick was short and thin but much stronger than Joseph Damien. On the other hand, he had his friend Genius, the small goblin who was a computer programme actually and communicated with Frederick through his mind.

One night Frederick was doing his homework, and he saw that his bracelet was burning his arm. Genius' programme was opened.

'You must help your friend Joseph Damien,' said Genius not realising he was interrupting.

'I can't!' murmured Frederick. 'I'm busy, don't you understand? I have to deliver this picture tomorrow. It is nine o'clock at night. I have exams.'

'OK' said Genius. 'Let's make a deal. You help me to solve the problem with your friend's dog and I will help you with the drawing.'

'How?'

'My magic works through your hands, remember?'

'OK,' said Frederick. 'Did something happen to Bobby?'

'It will happen if we don't act now,' said Genius. 'Turn the computer on. We'll see how things are on the screen.'

Everything started at Joseph Damien's home with a Christmas present that made him so excited: a dog puppy. He was the tenderest animal in the world, with his brown hair and his mischievous eyes; nobody could resist taking him in their arms and stroking his little head.

Mary, Joseph Damien's mother, wanted the animal to stay in the garden in a small wooden house that had been bought for him, but she did not succeed. Little by little Bobby, that was the name of the puppy, became the master of the house.

The next winter, Bobby became accustomed to watching television in the arms of one of his family, or sitting in a place made for him in the sofa, or warming himself in front of the fire curled at the feet of his loved ones. He also went to Joseph Damien's room, where the boy had to improvise with a cushion in a wicker basket for a bed to avoid the puppy sleeping in his bed. Joseph Damien took his dog to the park and his friends' houses, he showed off his dog to friends.

The following summer holidays, Bobby, who was still a good-natured puppy, slept in his wicker basket, spent the summer with his family at their beach house. When they went to a restaurant, Mary got the puppy asleep in a bag open at the top, and the animal stayed there at the time. Mary's friends commented about it.

'What a docile animal!'

Autumn came. Joseph Damien's garden, which was similar to Frederick's, was full of dry leaves from the bushes. The house was full of Bobby's hair which fell out in abundance. All the bad luck came to the poor animal at once. Bobby was blamed for losing his hair, or growing too fast, or no longer fitting in the basket, or not being graceful, or his animal instinct which made him destroy everything he got hold of.

Joseph Damien took a dislike to him because he chewed his books, he hid his shoes, and he hung on the curtains in his room, and bit them making holes. Then the anger turned on Joseph Damien for letting him go in.

In the living room, even though Mary vacuumed every day, the sofa and the carpet were always full of hair. The curtains made of bobbin lace that Mary had kept new for more than fifteen years, appeared all torn because Bobby used them to sharpen his fangs... Bobby was caught and sent to the garden.

'Why I didn't know any of this?' asked Frederick.

'Because your friend Joseph Damien is very proud and he had used the dog to show off to his friends. Now he didn't want to say what was happening in case you laughed at him.'

Punished and tied up in the garden, Bobby destroyed his wooden house which they had bought for him, and he also shredded the mattress which they gave him to sleep. The poor animal, used to freedom and the attention of his loved ones, went from having everything to having nothing. He was tied up in a corner, out of sight of people, with only one dish for lunch, one for water and a little earth to hide his excrement.

At the start of his exile, Bobby still had visitors. They felt sorry for him and even approached him to stroke him. They threw a ball to him from a distance, while the dog went to pick it up; they threw his food and his water once a day. It greeted "Wow, wow" and they answered "Hello Bobby" or "Goodbye Bobby".

Bobby grew, he was enormous and he needed more and more food each day. Mary complained that their animal ate more than the whole family. There was no place in the garden to bury his excrements. It smelled awful. Neighbours began to complain.

Obligations were shared. Mum fed him, Dad cleaned his excrements, and Joseph Damien took him out for a walk to one of those special places where dogs do poop.

Final exams arrived, Joseph Damien went to study and Bobby's walks ran out. Then holiday time arrived. They could not have their dog with them; he was too big and wild.

'We can take him to a kennel where they can feed and care him while we're out,' suggested Mary, the mother.

'And then what?' interrupted Carlos, her husband. 'Lately he only causes us problems. Every day he gets bigger, he eats more and more, and he's dirtier. Our child is tired of taking the dog out for a walk, and I, of getting his poops out. The garden smells worse every day. It must have a solution.'

'Yes, we can take him to a kennel and say them we can't have him.' said Mary. 'There they'll give him an injection and...' Mary lowered her head.

'No,' protested Carlos. 'We can't send him to his death in that way. The poor animal loves us.'

'We could leave him in the country, and perhaps a farmer needs a dog.'

'That's right,' said Carlos. Animals survive in the wild. Tomorrow I will take him. We'll tell our child that he broke his leash and got away.

Things didn't happen in this way. Bobby was ashamed and abandoned by his family in the middle of the country; he walked for two days in the June sun, with no sign of his owner. He went to ask for food and people hit him with clubs. He tried to steal it and they shot at him with a shotgun. He was not looking where he went. He was hit by a car which had 1,000 euros damage. The car owner looked for the owner of the dog to pay. He was an abandoned dog. Bobby managed to get up and carry on. A lady stopped, she carried him to her car and took him to a kennel.

.   .   .

'If nobody adopts him in forty-eight hours they'll put him to sleep,' said Genius.

'What do I need to do?'

'Look for a family for him?

'Where?'

'One step at a time,' said Genius. 'First you sneak into the kennel and release Bobby. Then we will look for a family for him. And finally, we'll fill in a card as if he has been adopted.'

Frederick realised that he had been moved by magic to a kennel door.

'Make me invisible,' said Frederick.

When the guard began to fall asleep, Frederick went to take his keys. As he couldn't see his body and was walking in darkness he crashed into everything.

'If you keep crashing into everything you'll end up waking him up,' said Genius.

If you think it is so easy, you go in, smartass.'

'Calm down, my friend,' said Genius. 'If you concentrate, you can direct yourself in the dark, and you will not crash! Try it!'

Frederick noted that the bracelet and necklace were burning. He had the feeling of walking. He took the keys, wrapped up in his shirt so that they didn't make a sound. He tried them one by one. He found the right one. The dog refused to leave his cage (he had been treated very badly before).

'Take him in your arms,' said Genius.

Frederick took the dog which was almost bigger than him in his arms.

'How can I be so strong?' he asked.

'Nothing is impossible in the world of magic!'

He took the dog out. He wanted to go back in to fill the adoption card, but he could not because the guard woke up and Bobby wouldn't stop barking. He left the keys.

'Let's take Bobby to his new home and we'll return later,' said Genius.

They arrived at a farm. Frederick was invisible. They had to jump the fence, leave the dog and go back out again. When he was jumping he made noise and the farm dog barked. Frederick left Bobby on the floor, next to the other dog. The lights of the house came on and the owner came out.

'Quiet, Frederick, the farm owner can't see you,' said Genius through his mind.

The farm owner looked everywhere, but didn't see anything strange. When he didn't know where else to look, he saw that there was another dog. He had two dogs instead of one.

'What are you doing here?' He looked at Bobby. 'How did you get in?

In reply, Bobby raised his nose, wagged his tail and answered with a 'woof, woof'. The man scratched his head.

'You need a home, right?'

The dog jumped up and wrapped his front legs round the man's body with all his might.

A lady came out and surveyed the scene. She was surprised and delighted at the same time as to how the animal had arrived.

They decided to keep him and he was called Night because he had appeared in the night.

'I have a feeling that he will bring us luck.' said the woman. 'I'll feed him. Tomorrow I will take him to the veterinarian to vaccinate him and make out his card. Now he can sleep in the shed with the other dog.'

'Are we leaving?' asked Frederick.

'For now, we have to leave,' said Genius. 'The other dog won't stop barking, perhaps he can hear us.'

They went outside the fenced area; they looked in the mailbox and took note of the name and address of this family.

They returned to the kennel. Now not only was Frederick invisible but he could also see in the dark. He entered the office, accessed the computer and filled in the details of Bobby's adoption by the farmer.

'Let's go home!' said Frederick.

. . .

The alarm clock went off. Frederick didn't remember having set it. He thought of the drawing which had unfinished the night before. He went to the table to try to finish it. It was finished. Then he remembered he had been running around all night to save Bobby's life. However, he felt relaxed and rested; so doubted whether last night was a dream or reality. He phoned the kennel to check. It was true.

'Who are you calling?' asked his mother.

'A kennel,' said Frederick. 'I am helping to find Joseph Damien's dog.'

'What did they say?'

'He has been adopted. I have the address of the new owner.'

They talked with Joseph Damien's parents. They were delighted that Bobby, who they said he had escaped, had a new home. The first Sunday they could they went to watch him from afar.

From a distance they could see Bobby running around and jumping among the bushes in front of the door. Bobby was barking. The owner came out to see if someone was there. They hid.

'What's the matter Night? There is nobody. Are you hungry? Wait, I'll give you something to eat.'

Now it wasn't Bobby, but Night. What did it matter?

Everybody left feeling please because the animal was happy and in that house he would be better because he was useful and he wasn't a nuisance. He would be a watchdog.

5. ALICE AND SUPERHEROES

Frederick's life was full of both reality and dreams. Since the computer goblin called Genius had appeared in his life, things were a different colour. Although it was in dreams, the fact that he was helping people rewarded him. He felt like a movie hero.

One day he saw an episode of Knight Rider in which Michael Knight with the help of Kit, his car, escaped from a beating, dodged the bombs, got rid of the thugs and freed the girl. When Frederick came to his room he made a suggestion to Genius.

'I want to be a movie hero like Michael Knight,' said Frederick. 'He has Kit that helps him, and I have you, Genius.'

Without waiting for Genius' answer, he turned on the computer.

'Let's find crimes that are happening in the city.'

'Wait,' interrupted the small goblin. 'I am a restless goblin, but not a violent one. At your age you should know that things must be solved by talking and not by beating.'

Frederick didn't listen. Images were coming on the computer... He was watching them to see if he could find what he wanted.

'Look, Genius. It's Alice. What is she doing there?' asked Frederick.

'If the image is here, she's got a problem, or she is in trouble or she is going to get into trouble. She will need help. Let's see what happens.'

'She's the most...,' said Frederick. 'All the boys of my class are crazy about her.'

'Watch at the screen and shut up.'

.   .   .

It all started in secondary school at the end of school year party. Someone had the idea of a beauty contest. Girls wore ladies' clothes that make them look older, they were made up and they wore heels. Alice was a normal girl who had never excelled in anything particular until then, she also took part. A neighbour, who was a hairdresser and a beautician, combed her hair and made her up. She borrowed a costume. She looked like a movie star and she won the admiration of everybody. No one had noticed how lovely Alice was until then.

The following summer she learned to make her own outfits copied from fashion magazines. With her neighbour's help she also learned to comb her hair, and make herself up to look older. She told her parents she wanted to be a model and actress. She began her drama classes.

The following year was her fourth year of secondary school. Her fame was such that boys of all ages from schoolchildren to the older ones were fighting to date her.

That became greater. Someone said her she was fantastic, and she believed him. She was told she was the best and she also believed it. In that school year (they were in the third term) she had dated half of the guys in secondary school and the other half were envious.

That night Alice had a date with an older boy, a rich boy who had an unlimited Visa and had brought his own apartment for his pickups. Usually he chose girls over eighteen, but this time he had chosen Alice that, although she looked eighteen, she was not fifteen yet. They had met at a disco... Given her naivety, she was easy to conquer.

That night it was their first date alone. He took her to a fancy restaurant to have seafood for dinner. Then they went for a ride around town in his new red convertible that he had parked in front of his apartment.

'Where are we going?' she asked.

'Let's watch a movie. You'll like it.'

'Where?' asked she, looking all around. 'Where are we?'

'I have a surprise for you,' he said he while he was pulling her by the hand towards the apartment door.

As he was opening the door, what was happening? Where had those kids with masks come from? The kids with masks grabbed Alicia and went into the apartment.

'What do you want?' asked the rich boy. 'If it's money, I can sign a cheque for you.'

'Now your money is useless, right? Today Alice will stay with us.'

'I can't keep watching this, Genius,' said Frederick.

'You have to get me into that apartment. I can't let them hurt Alice. She's the most beautiful...'

'All right,' said Genius. 'We must hurry. Follow these steps: lie on your bed, close your eyes and concentrate. I'll take you there. Along the way, tell me what you need.'

When Frederick opened his eyes he was already inside the apartment. He could hear Alice's screams and the laughter of the school hooligans.

'Make me invisible, Genius,' said Frederick, and seconds later, he looked and he couldn't see his body. 'Great! Now make me into Walker, Texas Ranger.'

Frederick, that was invisible, found the rich boy tied, untied him and asked him to help.

'Call the police, please,' said Frederick. He forgot that the other could not see him.

The rich kid went out scared. He went away quickly in his convertible. Frederick carried on. He saw that Alice was well.

'Fortunately, I arrived on time.'

He used a mixture of karate and judo. He knocked them all down. Frederick hallucinated about this. He left the bad guys stunned on the ground as in the movies, and he had rescued his girl.

'Now I want to be Michael Knight with his Knight Rider,' asked Frederick.

'Well, hurry up,' warned Genius. 'The rich boy called the police and they are about to arrive.'

Frederick's wish became reality. Overwhelmed with the feeling of being older for a few minutes, Frederick could have his girl in his arms and take her home in his Knight Rider. The car was driven itself. From a distance, Frederick and Alice saw how the police detained the bad guys.

'I don't know where you came from or how you managed to rescue me, but thanks,' said Alice.

'Neither do I, but... You are welcome. You must promise to be more careful next time and not to tell anyone about this.'

'I promise it,' said she.

She kissed him on his lips and left.

The next day Frederick still had the scent of Alice.

'Thanks, Genius for what happened last night with Alice...'

'Do not kid yourself,' said Genius. 'Alice forgot most things about last night and the rest of people too. See for yourself.'

Frederick came to the secondary school to watch when Alice went out as he did before. He was surprised to see how she looked. She was wearing tracksuit, no makeup, her hair was pulled back in any way. She had not lots of kids around as usual. She was just the ordinary girl that she had been before that beauty contest changed her life. Frederick smiled "It was a nice experience, right?" he thought. She walked in front of him and did not recognize him. Really, she couldn't remember anything.

6. NEIGHBOURHOOD THIEVES

His adventures with Genius made Frederick feel unique, important, proud of himself, able to conquer the world. He was not afraid of anything or anyone.

He usually went from home to school with his friend and neighbour Joseph Damien, but that day his friend was ill and Frederick returned home alone.

Suddenly, he noticed that his implants of the bracelet and necklace were burning. He heard the voice of Genius.

'It is urgent! Follow these instructions: Turn right at the first corner, go straight on for three blocks, and then turn left.'

Frederick obeyed his instructions, although he was a little upset because Genius had not asked his opinion as he had done before. Just around the corner, he was caught. He felt them taking him. He pressed his implant on his bracelet and communicated with Genius through his mind:

'Help me get rid of them, Genius. You said that nobody would hurt me...'

'You must hide your identity,' said Genius. 'It's important. Be quiet! You're safe!'

'Yes of course! They are punching me! I hope you know what you are doing!'

'I know! Be quiet!'

Some thugs took him to a clearing where a construction company had started building, but it was in ruins and the land was left undeveloped. Time later it was full of bushes and shrubs, a perfect hiding place for thugs.

'Give us your money,' shouted one.

'If you don't want to be beaten, bring us 3 € tomorrow. You'll give the money to Augustine, the boy of your class who is our contact. Ah! Don't say a word about this to anyone. All right?'

Frederick nodded his head. He was blindfolded and forced to walk for a long time. They left him where he had been caught.

Before going home Frederick went to see his friend Joseph Damien. He was surprised that his friend was sitting on the sofa watching TV and eating a chocolate cream sandwich.

'Can you tell me what are you doing eating that?' Frederick asked surprised. 'Your mother told us you were in bed and you had a fever and vomiting.'

'Today I didn't want to go to school,' said Joseph Damien. 'It's a secret, I can't talk about it,'

'OK,' said Frederick and he continued, 'I came because I wanted to tell you what happened to me coming from school today. I have been punched by a few thugs, they took everything, and they told me that if I don't give them 3€ every day, they'll beat me.'

'Me too! So I didn't go to school today. Don't tell my mother.'

'What will you do if your mother finds out that you are not sick and you have to go to school tomorrow?'

'Why do you think Marc hasn't come to school for a week? What do you think?'

'I don't know. I'll think of something,' Frederick said and left.

Now Frederick understood the seriousness of the problem and the number of children affected. When Frederick was back in his room, he turned on the computer and asked Genius.

'Why didn't you let me become the Ranger Walker and give them a good beating?'

'Because it wouldn't have done any good,' said Genius. 'You had not prevented them from continuing what they're doing. You would have risked being harmed. Look at the screen.'

.   .   .

The problem began with some problem students who had finished compulsory schooling some time ago. They were always on the street doing pranks while their parents went to work. These children had stopped academic lessons and their pranks were growing.

When they were sixteen, they left compulsory schooling. "Finally we're free," they said. But "free for what?" They had nothing to do and nobody to aggravate.

They went to find work. Some didn't find any. Others found a job, but they were fired for not complying. Some of them had to help a family member in their shop. They were working without a contract in order to get some money for their living expenses. All of them had much free time. Their meeting place was the clearing which been left undeveloped because of the bankruptcy of the builder.

The following images are very sad and painful. Children who think they're men and they self-destruct. First, tobacco, then alcohol, then... They had a drug addiction and they needed money.

One of the ways to make money was to catch small children and take their money and threaten to beat them if they say a word or they don't give it every day.

School children were frightened and paid up. Some children took money from their piggy banks. Others asked for more money for the snack. Others who could not get the money in any way, offered to become collectors from their own colleagues. So the real culprits did not have to be known...

. . .

'Tell me, Genius,' interrupted Frederick. 'Why did you allow that? Where can I get the money to pay them?'

'You won't pay,' said Genius. 'I want you to be the one who reports them to the police. I want you to tell the school headmistress. I want all the teachers become aware of what is happening. All the people concerned must have a meeting with the police.

'If they know that it is me, I will be hurt.'

'No. I'll prevent it,' said Genius.

'Can you tell me how are you going to do that?'

Genius did not answer. The problem of the thugs was really worrying him. Images continued.

Then the thugs were no longer just punished children. They annoyed men and women and were a nuisance in society. Neighbours near the clearing, where the thugs met, were upset by their thieving, drunkenness, bad language, the noise and the rubbish they left behind. Even though they complained to the Town Hall, there was no way to get rid of them. Every morning some cleaners from the Town Hall cleaned up the mess from the night before. Once when one of the neighbours went to scold the thugs because their noise made it difficult to sleep, she was so offended by a brat's bad language that the poor lady put her head down and went home in tears.

The neighbours called the police anonymously each time they saw something else. The neighbours lived in fear and were afraid that the thugs would try to harm their children. The problem was that everyone was afraid of them and nobody wanted to face up to them, and sign a police report with their names and addresses.

'You must talk to your father. Both of you must sign a police report against them.'

Frederick turned off the computer and began to think how he could do this. That night he didn't sleep. One o'clock, two o'clock... He heard a noise in the kitchen. He went downstairs. It was his father who couldn't sleep; he had gone to have a snack.

'Dad, I must talk to you,' said Frederick. This scared his father.

'Do you know the time? Is something wrong?'

Frederick nodded. He quickly told his father what had happened with the thugs and all that was happening. Finally, he asked for help to report to the police.

That night there was a lot of action. Damien, Frederick's father, was in charge of the police. The next day police officers in civilian clothes came to the school, spoke with the headmistress and all the teachers, there were meetings with all class groups. The police spoke to all the children affected. They explained to the children that nobody would be hurt or blamed for anything, not even threat. Everyone cooperated. All the people were instructed how to act.

This day was important for Frederick and his friends. Not only were they spared from paying the thugs but also they were witness of how those thieves were caught in minutes. Everything happened quickly. Many people crowded there. Everyone applauded the police action and the cooperation of those brave children. The thieves didn't get to know the names of Frederick and his father who had signed the police report.

Time later Genius asked Frederick to return to the subject of neighbourhood thieves. He showed him more images.

While the thieves had been in prison, other thugs had continued to meet in the clearing carrying on with their vices but more quietly and discreetly.

When thugs left prison they needed more money... Poor goblin was waiting for the right moment to act and break the thugs' vicious circle, but he couldn't find it. Frederick and Genius looked at the problem every day, but they didn't find a solution; it was as if they were waiting for something.

Everything happened in seconds. Frederick heard the news on television. Twelve young people (boys and girls) were found dead in the clearing. The cause: a consignment of a pure drug, they had overdosed. The drug addict survivors retreated home. They feared to follow the same path as the other ones.

Frederick and Genius decided it was time to act. Frederick got information from the internet, and with the help of his computer he prepared leaflets about a health farm for detoxification and treatment of drug problems. It was accessible to all. He looked for addresses on the internet. He spent his savings making photocopies, and distributed them to the houses of the troubled kids.

When it was over, Frederick could not remember how many homes had left leaflets. What did it matter? The truth was that their mission had ended. May be it would work or maybe not. It was up to them. After that, the neighbours near the clearing did not see more thugs in there or hear about them.

7. INTERFERENCES: A PLAYER GOBLIN

Frederick went home really happy and very hungry. He had done a perfect exam, he scored three goals in training and it had been a fantastic day. He ate and ran to his room to talk to Genius about it. He was tired. He lay in bed.

He heard a shrill voice.

'I need you, kid. Come with me!'

Frederick stood up. He turned on the computer. He set the password.

'What's the matter, Genius? I need to sleep. Can you wait until tomorrow?'

Genius didn't answer in his mind or on the computer. On the screen some letters appeared "Interference. To contact me click this link (I)"

'Who are you? What's happening? Where is Genius?' asked Frederick.

There was no response. Frederick was tired, and he did what the computer asked him.

'Genius, where are you?' asked Frederick.

'Ha, ha, ha, how funny!' said the voice laughing. 'He won't answer. He abandoned you. I have taken his place now.'

'I'm too tired to discuss. My name is Frederick, who are you?'

'I'm Facundo Facundor, the player goblin.' said the voice.

A goblin similar to Genius appeared on the computer screen. Frederick soon realised that this goblin was different from Genius. He looked much healthier than Genius and his body was much sturdier.

'How did you get me?' asked Frederick.

'Through a poker game.'

Facundo told Frederick that he was a professional player and he had left Genius penniless. Now the computer programme was in Facundo's hands and Frederick's services too. Facundo offered many benefits for Frederick if he helped him.

'You don't need to give me anything,' said

Frederick. 'I'll help do good. You must protect me. That is my agreement with Genius.'

'We won't harm anyone, said Facundo. I need you tonight.'

'Why?' asked Frederick. 'Is there anyone in danger?'

'You'll see,' said Facundo. 'Lie on your bed, concentrate, and I'll take you.'

.   .   .

Frederick appeared sitting in front of a slot machine in a youth games room. In the background there was a counter where ice creams, cakes and sweets were sold. There were two older kids sitting at the machine on his right, they were racing. On his left a guy was playing at shooting the monster. Frederick felt he was too young to be there. He wanted to go away. He heard Facundo's voice in his head.

'Ask for one euro from the guy who is playing just on the left. Tell him that you are going to win now and give it back. Obey now!'

Frederick did what he was saying.

'Can I borrow one euro?' said Frederick to the boy. 'Then I'll win and I'll give it back.'

'I hope so,' replied he. He threw one euro to Frederick's hand and continued playing without raking his eyes off the screen.

Frederick heard the voice of the elf placer.

'Put the money in the slot machine that is before you.'

Frederick obeyed. Lots of coins began to come of the machine. Not only could he return the euro but in seconds, Frederick had more coins than he had ever seen together. He continued playing according to Facundo's instructions. He emptied the machine.

Then Facundo took Frederick to several bars and games rooms where Frederick's age did not attract attention. They won a lot of money. Frederick was worried.

'Are you sure that this is right and no one will suffer?'

'Yes, young man!' said Facundo. 'Did you have a good time? Tomorrow we'll continue.'

The same thing was repeated for several days. Then he had to go in the evening... Frederick's profits increased. He didn't know what to do with the money. He thought he could buy an expensive console which he liked very much, but he was afraid of his parents' reaction. He couldn't explain the existence of the money...

One of the evenings the inevitable happened. A friend of Damien, who happened to be at the bar, saw Frederick risking money on the slot machine. He phoned Damien who came within minutes. Frederick was caught. The bar owner confirmed that the boy went every afternoon. Frederick ran quickly when he saw his father.

The problem waited for him at home! His parents screamed and accused him. He was punished. He lowered his head and waited. If he had told the truth they would not have believed him. He promised not to play on slot machines any more. He was punished for a long time: a month without television, consoles, training, football matches, and his computer. He could only leave home to go to school with his mother or Joseph Damien's mother. In addition, his room would always have the door open, so that his parents could watch what he was doing. His father took all the money he earned with the game and gave it to charity.

For the next month everything was insubstantial and boring. He was without his computer and without Genius. His friends made fun of him because he was punished. Worst of all was that his father forced him to go to those talks for gambling addicts twice a week. There Frederick had the opportunity to meet many people. All of them had a sad story to tell. Some stories really impressed him.

. . .

Vincent was a homeless man who went to the talks for gambling addicts at that time. He had had a family and a job. He still longed for that wonderful family: his wife and his son. The problems began when his wife saw the bank account was overdrawn. Her husband had wasted almost two million pesetas playing bingo and on slot machines. She took her two-month-old baby and moved to another city where a friend gave her a job. There she got a separation and a restraining order for Vincent.

Vincent spent everything he had on games. By the middle of the month he was penniless, he had to borrow or sell furniture to eat. One day he received a letter of dismissal. Another day he ran out of unemployment benefits. He was forty-nine, with a serious problem and he didn't find another job. He had to ask for money in the street, he became homeless. He lived on the charity of people. If he had a coin he played it on a slot machine to see if he was lucky. He attended those talks to stop his addiction and get back his family.

Another sad story was Juana's. When she was widowed from her second husband, Juana was still young. Moreover she inherited a large amount of money, enough to spend the rest of her life without worries. She had money available and she wanted to enjoy the treats she never had. She joined a group of people who went to bingo. She tried it and she liked it. After a while her friends ran out of money and stopped going to bingo, but she had her inheritance, and she could continue playing without worries.

One day she realized that the bank account was overdrawn. Her vice was stronger than her will. She sold her house and her car and, little by little she lost all her money. Soon she was on the street with nothing.

She went to her daughter's house. Juana cooked, cleaned, took the children to school, and took care of her sick son-in-law while her daughter worked to get ahead. Her daughter kept Juana's widow pension in order that Juana didn't waste it on games.

When Juana had got some coins together, she played. She went to those talks to quit her vice and prevent others from doing the same thing.

'It's my fault,' she said. 'I could have lived like a queen with lots of money, but because of my vice, I'm a maid at my daughter's house.'

.   .   .

It took him a while, but finally Frederick realized the mess he was in. Gradually, Frederick's attitude was better, and his reports were acceptable. Finally his punishment finished. One day they let him use the computer again. He didn't turn it on for fear that Facundo came back. That night at bedtime he noted that the implants of his bracelet and necklace were burning. He heard Genius' voice.

'I'm Genius. You can turn on your computer. Calm down! The nightmare is over.'

Frederick was very angry and he talked to Genius who listened to him. Genius had failed his friend Frederick.

'I understand that you are angry,' said Genius embarrassed. 'I'm sorry.'

They were talking for a long time and cleared up what had happened. Genius had joined bad company, and he had been corrupted to play. He had lost all his savings and computer programs, including the program he shared with Frederick.

Genius had to work until he had enough savings to buy back the computer program that he shared with Frederick.

'In the beginning Facundo didn't want to let him buy it back. I don't know what happened, but then Facundo wanted to get rid of it at any price,' said Genius.

'I know what happened. Facundo came on in my computer screen. I was cheated and corrupted to play on slot machines. My father caught me and punished me for a month with no computer, television, or games and I had to attend talks for gambling attending... It was horrible,' explained Frederick.

After that Frederick spoke about Vincent and Juana...

'I am particularly worried about Vincent,' said Frederick.

He told the story of poor Vincent.

'We will search for images in the computer about his ex-wife and his son.'

.   .   .

His ex-wife appeared on the screen. She was beautiful and very elegant. They watched her routines and life through the computer. She had returned to the city where Vincent was living. He had set up a small shop to move on. Then she had a problem, her son was very ill and they went to the hospital most days. She could not open the shop or employ someone. She was running out of money.

'What can we do, Genius?' asked Frederick.

'You can talk to Vincent about the situation his ex-wife and his son are in.'

.   .   .

Frederick talked to Vincent. When Vincent heard the news, two large tears fell from his eyes. He still loved and missed them. Frederick suggested Vincent could help. Vincent agreed. Frederick gave him their address so that Vincent could go to visit them.

.   .   .

The next day was Saturday, Frederick and Genius watched the computer screen. A charitable neighbour who knew Vincent's story and had helped him many times, listened to Frederick about the situation of his ex-wife and son, and she helped Vincent. She cut his hair and let him have a shower and put on new clothes of her husband. She said some words.

'Go and help them without asking for anything in return. They need your help now.'

.   .   .

The next scene was Vincent at his ex-wife's house door.

'What do you want?' asked she.

He lowered his head in shame.

'I know I behave badly what I did is unforgivable. I'm not asking you to forgive me or forget it, and I understand you didn't tell the child that I am his father. I just came to help you with the shop and the boy until he gets better.'

She looked at him suspiciously. She did not want to see him there, but she needed his help desperately. She accepted under certain conditions.

'I can't pay for your help and I don't trust you.'

'I'll justify every penny. I don't want money. Although I would ask for a plate of hot food each day and the chance to sleep in the back room. I wouldn't like to have to go out and beg for food or sleep on the park benches.'

'OK,' she said. 'Begging... what a shame!'

.   .   .

Genius and Frederick continued watching Vincent's behaviour for a while. The man's help was very useful to his family. Little by little he won his son's affection and respect. Vincent sometimes talked and played with him. Maybe he could tell him that he is his father and they could live as a family. His ex-wife treated him like a man who had a rented room in their home but in the depths of her heart, she began to feel affection for the man she had loved time ago... Vincent waited patiently for the opportunity to join the family that one day he broke. He knew that, perhaps, he could never have money in his hand to prevent him from playing. He just wanted to regain the respect and affection of the woman and the child that he loved. This was the way to achieve it.

.   .   .

Frederick was also without money at his disposal for a long time. If he bought something, he was given money, but he had to present a receipt or a ticket. What a mess he had got into!

8. DISEASE

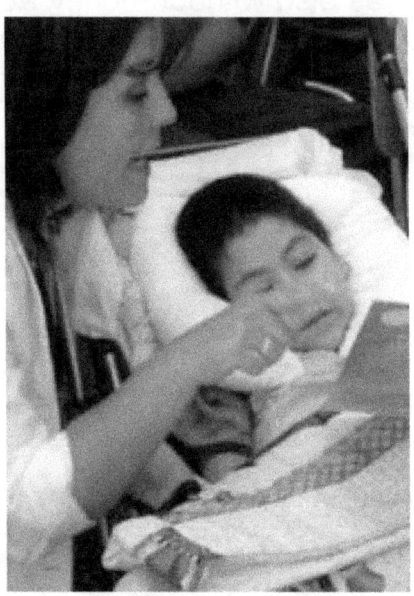

Frederick continued his adventures with Genius. Everything was possible through the magic of Genius. He was so busy solving the problems of the world that he didn't realise what was happening until that morning that he had got lots of spots and a high fever.

His mother was alarmed and called the doctor. He had caught measles. He had to stay in bed for two weeks. He couldn't play football or have adventures. However Genius didn't abandon him. Genius kept him company and spoke to him when the child had the fever and could not get up.

One day Frederick felt as invincible as a movie hero, and the next day he couldn't open his eyes. His body was boiling with fever, and he was dizzy if he tried to get up.

'Genius, I'm not good for anything,' said Frederick. 'What can we do now? Can you cure me with your magic? Could I die?'

'Don't talk nonsense!' said Genius. 'I can't cure you with my magic but I can keep you company while you are sick, I am your friend... Don't worry, once you get over the disease, you will be immune for the rest of your life. Put the computer on.'

Frederick made an extra effort to put his computer on. When he returned to his bed he was very tired. He lay between his soft sheets. The doctor had already given him a treatment for his disease, and his mother, Matilda, followed his treatment strictly. She controlled his temperature and gave him orange juice and a soft diet. Frederick had a sore throat; there was no way to make him eat something. When everyone left, Genius put some images on his computer.

.   .   .

James appeared on the screen, he was a rather strange child. At school he always played with children younger than him. Frederick remembered James as a boy who ate sweets in the playground. The parents association paid for him his lunch at the school canteen. Frederick had always wondered why James had money to buy sweets and he couldn't eat properly. It was strange how James made friends. He was carrying a plastic bag full of goodies and gave them out among young children in the playground.

They were all his friends because of his goodies.

James appeared in the screen because he was sick with measles. Poor James was also lying on his bed totally sweaty and full of spots. His room was a disgrace because there were no wardrobes. All his clothes were on chairs and on the beds. There was another bed next to his, someone had slept in it and hadn't made it. Everything was dirty.

Frederick wondered who slept in the other bed. When they watched the next images their doubts disappeared. There was another child sitting on the sofa watching television, Frederick knew his face, he was James' younger brother. It seemed that they had left the little brother in charge of getting James' potty when he needed it. In the dining room which was both the kitchen and the pantry, clutter and dirt were everywhere. There was a large square table with an oilcloth on the table. It was full of grease and dust because it hadn't been cleaned for months. Under the table there was an open bag with potatoes, another one with onions, and another one containing something inexplicable.

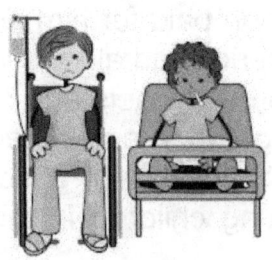

On the table there were the most unexpected objects: a small mirror, a plastic bag with combs, an egg carton, a can opener, spray cans, a small bag of rice, and a shoe box with knives, forks and spoons. There were also brand new dishes, ladles and pans. Next to the big table, they had a smaller table with blue and red chequered oilcloth with holes in the four corners. Frederick concluded that it was where they ate because there were still dirty dishes on the table. Next to the table there was a bucket of water with dirty dishes soaking, and next to it there was another bucket with clean water. 'Was it to drink?' In one corner of the dining room there was the fireplace where there was a cooking pot over the fire. The fire was out.

There was a grey cat sleeping on the ashes. When it woke up it scattered the ashes around the room. It climbed onto the table and licked the dirty dishes of the last meal. Then it tried the four chairs, and it didn't like them because they were too hard, it went to sleep on the television which was warmer.

There was only one wall cupboard with glass doors where they kept up the new glasses and plates they never used. The cupboard also had two wooden doors where there was oil, salt, pots and pans filled with soot and grease.

The younger brother took salt and oil from the cupboard and locked it again. He washed two plates and two forks from the table, which the cat had licked previously, and he went to the fireplace where he had a pot of boiled potatoes and beans. The small boy filled the two dishes; he put some oil and salt on and went to the room where his brother was sick.

They ate together. It was pleasant to see how happy they were. The patient was sitting up in his bed; he ate and listened to his brother who was talking about a cartoon he had watched on television. The small boy ate his food sitting on a chair with his plate in his hand. They drank from the same jug, and finally the plates were empty.

'Do you want some more?' asked the boy.

'No,' replied the patient. 'I want to try to get some sleep.'

.   .   .

Frederick stopped the images, he was angry:

'It's not fair, Genius!' Frederick. 'These children are abandoned. Where are their parents?'

'Don't get angry so soon and watch the screen,' said Genius.

The images continued on the computer screen.

.   .   .

James and his younger brother lived with their mother and they had different fathers who didn't take care of them.

Their mother had lost her job and she couldn't pay the rent. They went to a suburb and took possession of a half-abandoned house that nobody claimed. Their mum was forty-two years old but she looked older because she didn't look after herself. The only job she could find was working on the land (picking fruit, digging the land, watering plants...). The master she was working for let her live in this house rent free.

When he was a child she hadn't candies because they were very poor. It was for this reason that she gave her children one euro each to buy what they wanted every day. That was the reason why her children always had a plastic bag full of candies. The mother occasionally cooked something to eat. She made extra food so they had food for two or three days. She didn't like cooking. She only cooked boiled potatoes, fried potatoes with eggs and potage. They sometimes ate vegetables or salad.

When their mother came home from work, the small brother was bringing the dishes to soak them in a bucket of water. He threw the dirty water down the toilet. He took a bucket of clean water from the well and filled the jug. The mother and her little son cleaned the whole house because a doctor had to come there to visit the sick brother. They packed all the junk and put it in a cardboard box. Clothes were put in bags. They cleared the dust. They put on clean sheets. They removed the ashes from the fireplace and threw the cat into the street. When the doctor arrived there, everything was clean and tidy.

When the doctor left they had dinner in James' room. Each had a plate of beans and potatoes, and there were more beans and potatoes in the pot for the next day. Frederick was impressed with how well organized they were.

.   .   .

The computer screen turned off. Genius warned

him.

'This is your mother. Be on your guard!'

.   .   .

Frederick's mother entered with a tray full of special food prepared for him. She tried to get him to eat something: mashed potatoes, corn meal and pumpkin puree. All the food was warm and appetizing. He had strawberry yogurt for dessert and mineral water to drink.

'Are you hungry?' asked Matilda.

'No,' replied Frederick as usual.

'Well, you must try to eat. If you don't want it I'll make something else. I know, maybe soup.'

Then he remembered James who had the fever and measles like him and James just ate a plate of cold and hard beans with potatoes without saying a word. He felt uncomfortable having so much attention which other children could not enjoy. His mother was talking more and more about things to eat. He interrupted her.

'Don't make more food,' said Frederick. 'I will eat it.'

Frederick took the plate of puree and his fork, and he ate it in one sitting as James did. His mother wondered.

'Fantastic! This is the first time you have eaten properly since you became ill. It is time! If you don't want anything else...'

'What could happen if a child suffering from measles was surrounded by dust and dirt everywhere and didn't eat a complete diet?'

'His disease may get worse because he could get

other infections, and be sick for a long time. Why do you ask that?'

'There's a kid at school who also suffers from measles but he lives in a house in very poor conditions.'

'Does he have relatives who care for him?' asked the mother.

'Yes,' answered Frederick, he remembered his brother who carried his food, and his mother who worked all day for them. 'In their way they care for him. They do their best.'

'Then don't worry!' said his mother. 'Love is also important. You'll see. He will be fine soon. When you return to school, he will be back too. Now, try to sleep!'

'So much poverty in the world!' said the mother while she left.

Frederick closed his eyes. He decided proposed not to leave more food on his plate, or protest when he didn't like his food. He slept for some time, when he awoke, he realised that the computer was on. Genius was waiting with a new story.

'Now I want you to know of the story of a South American child who lives in the woods. Look at the screen.'

.   .   .

Pete was the youngest in a family of thirteen children. His parents were itinerant workers. Then they had moved to the woods to work and they lived in a hut made from wood. They cut trees for firewood and timber. Each family member was assigned a task, their father and the older brothers worked with wood, and when they finished, they went to hunt an animal for dinner. The mother and the only sister cooked for them, and looked for edible medicinal plants in the forest. The middle brothers gathered branches to light the fire. The two smaller children went to the well to fetch water. The well was three kilometres from the hut.

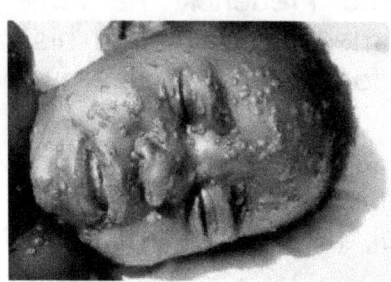

The previous day the two smaller children were walking, and they were very thirsty. They had drunk from the river. They had disobeyed their parents who forbade them to drink water that didn't come out of the well directly. 'Mum won't know it,' they told each other, and they drank water from the river to save the good water because it took a lot of effort to carry it.

The next day Pete and his brother appeared full of spots and fever. Their mother separated them from the others, they lay down and she prepared a medicinal herbal tea that cured everything according to tradition. The fever did not go down. As if this was not enough, that night it rained in torrents. When the rain lessened, they put the sick children in a boat and went to the nearest hospital. They arrived very cold and completely through.

At the hospital there were many people waiting for hospital beds, but there were very few beds. There were only a few doctors for lots of patients. Pete's father asked a voluntary nun for a bed. The bed was for Pete. After a while, the doctor arrived. He gave an injection to Pete.

'You are suffering from measles but it is linked with something else. It could be pneumonia. Let's do some tests,' said the doctor. 'Did you drink water from the river where animals drink?'

'It is possible,' said the father.

'Oh dear!' exclaimed a nurse.

The nurse examined the other brother, he was not breathing. His father called the doctor for help. When the doctor arrived, Pete's brother was dead. He was one of hundreds of children who die every day from lack of medicine, hospitals and doctors.

. . .

Frederick was crying in his room, what had happened to Pete's brother impressed him.

'Will Pete also die?' asked Frederick.

'I hope not!' said Genius. 'But we must realise that Pete is very sick, and that hospital has a lack of medicines or resources to assist him.'

. . .

Frederick rested in bed for two weeks and finally he recovered. At that time with Genius' help Frederick was able to learn about the life of other children in the world that were sick too.

James took longer to return to school, and because of the lack of hygiene and poor nutrition, the disease was complicated and he had to spend more time lying down. When he could get up, he had to stay home to care for his younger brother who was infected by the measles. Two months later James could go to school.

.   .   .

Pete was admitted to hospital and stayed there for a month. His family had to return to the forest to work. When he had recovered, he returned. Some fishermen took him home. They were happy to see him although they were still crying over the loss of the other brother. They continued their work. The children were waiting for the end of the wood season in order to return to school for the rest of the school year. It was a question of time.

.   .   .

The experience of being sick showed Frederick that he must stop believing he was the centre of the universe and think about it. Frederick took all his savings, two hundred and fifty Euros he had, to buy a console, and he gave them to a no governmental organization (NGO) to build wells, hospitals and schools in order that children like Pete had an easier life.

.   .   .

When Frederick saw James again at school he asked him about his illness and his brother's recovery. James had so much to tell him, he was talking for fifteen minutes about what Frederick already knew. A few days later Frederick exchanged

James' goodies for half a sandwich. James liked it a lot. Frederick explained to him that this problem was easily solved.

'It's easy,' said Frederick. 'You can buy a loaf of bread and something else in a shop (ham, cheese, and sausage) with the two Euros that your mother gives your brother and you. Then you can make sandwiches for playtime.'

James and his brother began to eat sandwiches for lunch at playtime. Sometimes, James went to play with Frederick and his friends. He only needed to start with their football team.

8. THE WOUNDED FRIEND

Frederick's life was happy and fun. He had many friends, but he preferred Joseph Damien. They were neighbours; they had played and grown up together. Frederick probably never forgot that time when they were playing football after school, a ball went out of the schoolyard; Joseph Damien jumped the fence to get the ball, he got hooked on a wire, unfortunately he slipped, fell and hit his head on a stone. He had a huge cut on his head.

Everybody was alarmed. Blood was gushing out, and there was no way to stop it. They couldn't stop it with bandages. Many adults, teachers, and neighbours were all around the wounded boy, waiting for an ambulance or a doctor. When the children were sent back into the yard, Frederick was frightened and feared the worst. Frederick went into a toilet and pressed his implant on Genius' bracelet.

'Genius, we have to help him, please,' said Frederick. 'Make me invisible and I'll see how he is.'

'This is a possibility,' said Genius. 'We could try it, but it could be complicated and a mistake could be fatal. Our success isn't certain. Do you want to continue?'

'Let's go!' said Frederick. 'He is my friend. I will risk everything for him. Tell me what I have to do.'

'Ok,' said Genius. 'First you have to give him your bracelet and your necklace (all that is associated with me), you have to take them off and put them on him in order that they will work directly on him. Pay close attention to everything: "Once you've put your implants on him, you must be watching all the time. If you see he is recovering, you will have to take them off before he knows he is wearing them. If you see he is going to die you will have to take off them before... You know. Oh, I forgot. When you take off your implants you may feel very weak or you may faint."'

Frederick was invisible, and he approached his wounded friend. When the ambulance arrived, the people around him went away. Joseph Damien was left alone just for a moment. Frederick took the opportunity to give his friend his implants (the necklace and bracelet that are invisible to everyone except for the person who is wearing them). Frederick felt weak. He became visible. He had to hide behind some bushes to avoid being caught.

The ambulance doctor asked for a hard surface to put some bandages on Joseph Damien before taking him to hospital.

'The tables in my classroom could help. It is near,' said the headmistress.

Four people put Joseph Damien on a big table. Frederick followed them at a distance and went into the wardrobe where the headmistress kept her jackets. From there he could watch what happened to Joseph Damien: tweezers, bandages, scissors... Frederick's head was spinning, he wanted to vomit and the light was fading.

It was Friday afternoon, and after the accident everybody went home. The headmistress locked the cupboard where Frederick had fainted, and then she locked the school.

Matilda and Damien, Frederick's parents, were despaired when their son did not appear. He wasn't with his wounded friend. He wasn't at the hospital. Joseph Damien's parents didn't know anything about Frederick. They searched for him all afternoon and all night. They asked everywhere. They called all the hospitals to see if a child of Frederick's description had been admitted.

'I'm sure that he has been kidnapped,' said Matilda. 'My son is very responsible, although he would be concerned about that , if nobody held him against his will, he would have come home by now.'

The police could not do anything because they needed him to be missing for forty-eight hours. Anyway, Damien gave Frederick's photo to the agents who were patrolling the streets.

It was a long night for Frederick's parents.

'Frederick is alive,' they said over and over again.

.   .   .

When Frederick woke up he found himself locked in a cupboard, and did not remember anything. He pushed the door, but it would not open. He realised he was in a cupboard because he looked through the keyhole and saw the table where Joseph Damien had been healed. Then he remembered "I probably fainted while they healed Joseph Damien. The headmistress locked the doors... I'm locked in the cupboard where I hid, how long ago did it happen?"

No children could be heard. He tried to push the implant of his bracelet but he did not have his bracelet or necklace. Finally he understood everything. He was locked in a cupboard in an empty school while his wounded friend had the implants in his bracelet and his necklace with all Genius' magic and power. If his friend died wearing the bracelet and necklace, it could be terrible. Genius could be lost forever. Frederick realised his mistake. He was locked up, and he wasn't watching over his wounded friend.

Frederick spent a lot of time banging on the door and shouting. He had failed his friend Joseph Damien leaving him on his own. He had failed his parents who would be desperately looking for him. He had failed Genius in his obligation to watch. Instead of watching, he was locked up. He had failed them. He wept in despair.

The next day, it was Saturday; he was found by the cleaning ladies who heard him shouting. They got the key and opened the cupboard door.

'What are you doing here?' asked a scared woman.

'I was locked up,' replied Frederick quietly and he asked about his friend. 'What about Joseph Damien?'

'Well. People say he will recover,' said the lady. 'Now I'll call the headmistress and everything will be solved.'

'First call my parents, please,' Frederick gave her a piece of paper with the number. 'Tell them I'm here.'

Frederick fainted again. When his parents arrived, Frederick had already come round. The lady had given him some of her lunch and he was better. His parents kissed and embraced him.

'He's alive. Thank God!' said his mother.

'Then we'll talk,' said his father.

The headmistress came too. Frederick had a lot of concerns about his irresponsibility. He listened to them in silence keeping his head down. He had to give explanations. He did so, but he didn't mention Genius.

'When I saw Joseph Damien was hurt I got scared. I went into the class to see what was wrong. I hid in a wardrobe in order that they don't see me. I guess I fainted when I saw so much blood. Someone locked the cupboard.'

The headmistress made him promise he would never go anywhere without permission.

'I will not punish you. I think what happened with your friend and what you've had is enough. I'll let your parents think of a punishment.'

.   .   .

They went to visit Joseph Damien at the hospital, but the nurses wouldn't let them go in. According to them Joseph Damien was too weak to receive visitors. It could be bad for him. It seemed that it was no sure whether Joseph Damien would recover or not.

They arrived home. Frederick tried to explain.

'I was very afraid that he might die. I didn't want to stay locked in that cupboard. I didn't want to make you suffer,' said Frederick embarrassed.

'We already know,' said his mother. 'Come to the kitchen and have some warm soup. It will leave you like new.'

'Are you going to punish me?' asked Frederick.

'We can talk about punishment when Joseph Damien has recovered.'

Frederick realised that they were hesitating.

'Are you sure that Joseph Damien is not going to die?' asked Frederick.

'I hope not... Probably not.'

'It's a question of time,' said Matilda when she heard the door of Frederick's room.

Frederick was going crazy in his room without Genius. He called him in his mind: "Genius, make me invisible." "Genius, take me to Joseph Damien". "Genius, show me images on my computer screen."
He turned on his computer, but he did not receive any sign from Genius.

.   .   .

Joseph Damien, meanwhile, was stabilised, he wasn't better or worse. He was under observation and he couldn't receive visitors. Joseph Damien's parents took turns in the waiting room in case there was any change. Frederick's parents helped them when they could. Those days were long for Frederick who was forced to go to school.

A few days later nurses let the first visitors in for a few minutes. Frederick entered. He took Joseph Damien's hand. He tried to get the implant of the bracelet. He heard Genius' voice in his head: "Not yet, you must wait another week". Frederick obeyed.

After a long week Frederick went back into the room of his friend. He asked to be left alone with him for a few minutes. Joseph Damien was sleeping. Frederick pushed the implant. Genius talked to him: "Ok, keep the bracelet but leave the necklace. In this way you can communicate with me and I will make you invisible to come here whenever you want. For now, that's all." Frederick did what Genius said and left.

The rest was easy. Frederick was able to follow the progress of his friend through the computer and could communicate with Genius. The day Joseph Damien was going to leave the hospital, Frederick went to the hospital, as he was invisible went into the room, waited for him to sleep and took the necklace.

Luckily this time everything ended well. Frederick learned his lesson; he never hid in cupboards any more. His parents forgot about the punishment, they would have to speak when Joseph Damien recovered. Nobody talked about it again.

9. CHRISTMAS EVE

The Christmas holidays came. All the children had been waiting impatiently. They were exhausted. First there had been the tests. Then the concern until they got their marks and, finally, the decoration of the school and the preparation for festive performances on the last day. All parents were impressed by those festive performances.

Finally they were home. Frederick saw his father was waiting for him to put up the Christmas tree. And his mother wanted his help to decorate the house with Christmas ornaments and do the crib.

'Come on, my son,' said his father. 'I need your advice as to where to put these ornaments on the Christmas tree.'

'Put them any where you like,' said Frederick. 'I'm very tired.'

'Leave that. Our crib comes first. You have to go to bring moss,' said his mother. 'This afternoon my child and I are going to do the crib. When we finish, we'll decorate the house with Christmas ornaments.' Tomorrow you'll decorate the tree.'

'Out of the question!' said his father. 'Tomorrow it is Christmas Eve and everything has to be prepared by then. You don't need the crib, the tree is sufficient.'

'The crib must be done because I say so!' said Matilda said with a tone that was a little scary. 'And it will be done today,' she changed her tone of voice. 'Tomorrow I'll be busy all day with the preparations for dinner with turkey; champagne... Everything has to be ready. The grandparents will come from their town and they have to be happy.'

'OK,' said Damien. 'If you want to do the crib, take the child and go to look for moss. I won't go.'

'OK,' she said and spoke to Frederick. 'Come on, my son...Your father is getting old.'

Dad came home from work, he was tired and when he arrived home, he just wanted to rest, lying on the couch and watching television, but it was no possible. He had to decorate the tree.

Frederick was also tired of the preparations but he could not tell his mother. So he had to help her. Although what he really wanted was to go to his computer and have some interesting adventures with Genius.

It was a nice walk with his mother. But the spell was broken when they entered the first shopping centre. They had forgotten to buy straw for the crib, and snow for the mountains. They went to four shopping centres and they didn't find them. She had the chance to buy a few things for the house. Frederick looked at toys. His mother ended up buying him a computer game to learn English. That day they were a few more among the thousands of world citizens who came to the shopping centre to buy one or two things and they went out with a full cart. People took everything in large quantities, as if the world were to end after the holidays. Finally Frederick was tired of waiting and queuing to pay.

'You can call my grandmother, and she'll bring us the straw. In town there is straw, soil, grass, rocks and everything. Instead of snow we'll use flour. Let's go home!' said Frederick.

'But your grandmother arrives at eight, it's almost dinner time,' said Matilda. 'I will not be able to take care of the crib; I'll have to make the dinner.'

'Don't worry about the straw,' said Frederick. 'Jesus was not born until twelve o'clock at night. I will finish the crib,' promised Frederick.

That night Frederick fell into bed exhausted. Genius was waiting for him.

'A busy day, huh?' said Genius.

'I can't do anything else,' said Frederick without moving not wanting to wake up from his drowsiness.

'No, it's not urgent,' said Genius. 'We can leave it until tomorrow. Good night.'

On Christmas Eve there was a lot of work with the preparations, but by midday the tree was already up, and everything was in its place. Everyone was very happy. Frederick had the afternoon off to go out with Joseph Damien or whatever he wanted.

'I'll rest in my room,' said Frederick. 'Maybe I'll try my new computer game.'

'I'm here, Genius! What do we have for today?'
'If you want, we could do lots of things.'
'Let's start.'

On the computer screen they watch a downtown park that was a giant garden, it was known to be always full of vagabonds, and it was impassable at night unless you wanted to endanger your life. On Christmas Eve there was no one walking. However, benches were almost all occupied. There was a vagabond sitting on each bench. They seemed to reserve their bed for the night. Some had a sandwich and a bottle of wine in their rucksack. Others didn't have anything.

'I wish I could give everyone a good dinner like we will have tonight at home with champagne and nougat. And I would give everyone a blanket,' said Frederick.

'I still must speak with Santa Claus,' said Genius. 'But I think it will be possible.'

'Then we can find them a job too,' suggested Frederick.

'I think that is more difficult,' said Genius. 'But we'll think of something. Let's see more people who need our help.'

.   .   .

An old woman appeared on the screen. She was talking to a cat she called Renate. Looking at her house they had the feeling of being in another era. Since she had become a widow, Christmas was an ordinary day. There weren't Christmas decorations or a special dinner.

'This is the woman who threatened us with a broom the day we sat on the stairs at the entrance to her apartment building, we were waiting for a friend who lived in her building. Then, I'm not coming!' said Frederick.

'Don't worry, you will be in disguise,' said Genius. 'Do you know why she treated you so badly? Well, because she confused you with some guys that often sat there, they had laughed at her and thrown papers.'

'Yeah, but she could make sure and look carefully before hitting anyone,' said Frederick and he continued. 'I think she has a son. I heard that her son is an important architect in America.'

'Yes, she has a son,' confirmed Genius. 'But he can't be with her tonight. He is married to a multimillionaire and tonight they have a very important social commitment. One of the guests at the dinner is to help him in his career. They have to go.'

'I wish she could have a good dinner and someone to keep her company. She is very lonely.'

'We will do whatever we can,' said Genius. 'Now we'll see more people who need our help'.

.   .   .

The next image on the computer was the front of an orphanage. He saw some boys and girls, all dressed alike. They had nothing and nobody in this world. It was time to take a nap. They were still and quiet in their rooms because of the rules. They were waiting for something.

'This Christmas we haven't got gifts or a special dinner. Our budget does not stretch that for,' said one of the nuns.

'If there is no money we can't do anything,' said the other nun.

.   .   .

'I wish all these children could be happy, and they have a good dinner, nougat and gifts, everyone could sing carols at a big party, Santa Claus would bring every child a gift that makes him more excited, and someone could donate a large amount of money for the orphanage.'

'Perhaps we can make it come true,' said Genius. 'We'll see if Santa Claus... Let's do another thing.

.   .   .

It was Joseph Damien's house on the screen. Maite The Copycat, a girl who had the reputation of copying in examinations without being caught, was knocking on his door. Joseph Damien's mother, Mary, opened it.

'Joseph Damien is in his room solving maths problems, he doesn't want to be disturbed.'

'He told me to come now to explain me a few math problems that I don't understand. Do you mind if I go to his room?'

Mary shrugged and The Copycat gave her a box of butter-cakes in a plastic bag. 'Here you are. Merry Christmas!'

'Thank you, it wasn't necessary,' said Mary, but The Copycat was knocking on the door of room letting herself in.

.   .   .

Frederick's heart jumped. The Copycat had tried to blackmail Frederick to let her copy. He was still shaking thinking about it.

'Genius, we can't allow her to copy.'

.   .   .

They saw Joseph Damien's room. The Copycat and Joseph Damien were arguing heatedly. Their tone went up more and more.

'I can explain them to you if you want, but I can't allow you to copy,' shouted Joseph Damien.

'Explanations are for fools,' said The Copycat. 'Your mother accepted my gift, so now you have to do my homework. If you don't help me I'll tell your mother that you tried to kiss me and other things. You will be punished for a month.'

'Me? I couldn't try to touch and kiss a parasite like you? Are you hallucinating? What else?'

Mary entered the room. They were arguing angrily and they didn't hear Mary.

'You are the most stupid swot I've ever seen,' said The Copycat and she threw everything on the desk.

'I'm not stupid enough to allow you to copy! Get out! You aren't going to find people who will allow you to copy,' said Joseph Damien throwing everything back to her.

He chased her to the front door. When she had crossed the front door, Joseph Damien threw the box of butter-cakes before closing the door.

'Take your gift. You can use it to blackmail another student.'

.　　　.　　　.

Frederick was pleased with Joseph Damien.

'That's the way, Joseph!'

'I think your friend has done wrong,' said Genius. 'The Copycat is also a human being. Someone should open her eyes.'

'Me?... No!'

'For now, be ready,' said Genius. 'Before the holidays finish she will come to your door for the same purpose. We have to think of something to change her mind. Let's go to something else.'

.　　　.　　　.

Mr. Joseph appeared on the computer screen. He was a lonely teacher who had never married, and he only went out home to go to work. He lived only for his work. Children took advantage of his kindness.

They loved him. The worst students called him Woody Allen because he was very ugly and thin. Christmas Eve was an ordinary day for him. He would watch television a bit and go to bed.

.   .   .

'I would like everybody to forget all his nicknames,' said Frederick. 'If he were not so shy he could have a date with the headmistress. Both are very good people, but they are very ugly.'

'That is not a bad idea,' said Genius. 'I know that she was widowed a year ago and she is no longer grieving. I am thinking about your suggestion.'

'No way! They are too shy!'

.   .   .

Frederick left the computer and went downstairs to have dinner. His grandparents had arrived. He had not seen them for some time. His grandmother had brought some things from town for the crib. Frederic finished the crib with pleasure. All the family ate together very early as every year. His mother was an excellent host once again, using the dishes she had been given for *Mother's Day*. Everything was great. At the end of the meal, Frederick said that his stomach hurt. He drank lemonade and went to his room. He left the older people talking.

.   .   .

'I'm here,' said Frederick while he was sitting in front of his computer. 'Have you thought where will we get food, blankets and toys for all these people?'

'Yes,' said Genius. 'While you were having dinner I talked to Santa Claus and everything is under control.'

'Can you really talk to Santa Claus?' asked Frederick surprised. 'The first time you named him, I thought you were bluffing, but now I am beginning to believe it. Can I see him and talk to him as in the movies?'

'No, I don't think so,' said Genius. 'But you will be his assistant and representative tonight.'

'It is an honour for me,' said Frederick. 'Let's begin.'

'Close your eyes and concentrate,' ordered Genius. 'I'll take you to the scene and you had to ask for everything you need.'

Frederick was walking through the park. He was dressed up as Santa Claus. He was tall and strong. His voice sounded like a man.

'Wow'

The tramps were silent, half asleep, each one on his bench. The only part of the park where there was room to lay a table was the centre where there was a fountain and a pond with ducks. All the paths met there. It was the ideal place.

'Put a lot of small tables together around the fountain and the pond. They'll have nice table clothes. Each guest will have the meal with appetizers, turkey, desserts, champagne and coffee,' said Frederick.

He looked at the fountain and the pond again. He saw that the tables were already prepared. There were chairs for everybody. The food was ready in special trays to keep it cool.

'Call them one by one for dinner,' said Genius. 'Don't forget to tell them that Santa Claus left a surprise under the tray.'

Frederick followed the instructions. The tramps were surprised to see Santa Claus. They had stopped believing in many things long ago. When they heard the word food, they all went to the table and sat down.

.   .   .

Frederick was already safe in his room. He was watching the computer screen where the tramps ate and talked among themselves about the strange and fortunate appearance of that dinner and how delicious it was.

.   .   .

'Now let's visit Antonia, the old lady who hit children with her broom and lived alone with her cat Renate,' said Genius.

She was about to have dinner.

'I have an idea,' said Frederick. 'Let's find another lonely woman and we can put them together.'

'The woman on the fifth floor lived alone. She is a single elderly lady named Angels, it is said that she is very generous,' said Genius. 'Let's try it. Close your eyes, concentrate, and I'll take you there.'

Frederick was on the fifth floor, he looked like a man, dressed up as Santa Claus, in front of Angels' door.

'I need a trolley with a wonderful dinner, candies, champagne, and everything.'

A trolley with the food appeared before him. Frederick knocked on the door. A woman came out.

'I didn't ask for anything, sorry,' said Angels.

'I know,' said Frederick-Santa Claus. 'This is a gift from Antonia, the lady on the first floor; she would like to come here for a while.'

'It wasn't necessary,' said Angels. 'But...Thanks. Tell her to come up and share this food.'

Frederick-Santa Claus took the elevator and went up. On the way he asked for another trolley similar to the previous dinner. He rang the bell.

'I bring a gift,' said Frederick-Santa Claus.

'I will not give a penny,' interrupted she. 'I'm just starting to eat?' Behind her the table was set.

'Did you understand? This is a gift from the lady on the fifth floor.'

When she heard the word "gift", Antonia let him keep talking.

'She invited you to spend some time together. If you want you can go up.'

'Ah, very good, thanks,' she said no sure. 'I'll go.'

.   .   .

In his room Frederick watched Antonia on the computer screen. She began to look at the delights that were on the trolley. She pulled the trolley inside the house. She took off her coat and put on a new dress and shoes. She gave the dish of potatoes (which she had prepared for dinner) to the cat. She took the trolley and she headed for the elevator.

  .   .   .

Frederick and Genius saw the next scene on the computer screen. The elderly women were having dinner together, laughing to find that delicious meal which they hadn't paid for.

'It's the funniest thing that has happened to me in twenty years.'

'What about enjoying this wonderful dinner? Then we can go to the midnight mass.'

'Good idea.'

  .   .   .

Frederick and Genius left the two old ladies dining and they looked at very sad images at the orphanage. The children were called for dinner.

'Make me invisible and take me to the dining room,' asked Frederick.

  .   .   .

Frederick was invisible in the orphanage. He looked through the glass of the kitchen door at what they had for dinner. It seemed pitiful to see the lack of food and luxuries.

'Genius, I wish everyone could have a special dinner tonight,' asked Frederick. 'All the rooms must be decorated with Christmas ornaments. And in the hall there must be a big tree full of lights with presents for everyone underneath.'

Frederick looked around him and the dining room was decorated like his own dining room. In the dining room the table had everything, just as he had hoped.

Frederick walked into the kitchen and asked for the same dinner for the workers and the nuns who cared for the children. It appeared on the kitchen table.

'Wow!' said nuns when they saw the food. 'Thank you, God.'

The orphanage doorbell rang. It was someone with a cheque with many zeros. It was a gift from an anonymous person for the children in the orphanage.

'Let's call the children. We must celebrate this.'

.   .   .

Frederick was already in the room again. He left the children dining in the orphanage and it was Mr. Joseph on the screen, the solitary teacher who had never married because he was too shy. Everyone knew that he had a big heart although he was very ugly.

'Dress me up like Santa Claus and take me to the headmistress house with a trolley and a special dinner.'

.   .   .

Frederick saw his finger was ringing at the headmistress' door. He saw the door open.

'Lady, I bring this gift from Mr. Joseph for you,' said Frederick-Santa Claus afraid that he would be recognized.

'Joseph? The math teacher?' asked she surprised.

'Yes, ma'am. He has asked that if you don't mind,

he would like to share this dinner with you. He is very lonely.'

'Dinner!' she said smiling and shrugging. 'No problem!'

'Okay,' said Frederick-Santa Claus. 'I'll tell him to come.'

While Maruja, the headmistress was putting on new clothes and makeup Frederick was taken where Joseph, the lonely teacher, lived.

'I need a big Christmas gift basket.'

.   .   .

Frederick who was dressed up like Santa Claus rang the bell. Mr. Joseph opened the door.

'This is from your students, sir,' said Frederick-Santa Claus.

'Really? Oh thank you.'

Mr. Joseph hugged him. Seeing that Mr Joseph didn't recognize him, Frederick continued.

'Sir, Mrs Maruja said that tonight you can have dinner with her because she has got lots of food.'

'Fantastic!' said Joseph. I'll share this basket with someone. I'll go.'

Frederick-Santa Claus gave him her address and left. Mr Joseph thought for a moment. Then he went to have a shower and put on new clothes.

.   .   .

Frederick and Genius were watching on the computer screen when Mr. Joseph entered Mrs Maruja's house. Both of them were nervous, they were thankful for everything.

'Do you think it will come to anything?' asked Frederick. 'They are so shy...'

'Yes,' said Genius. 'Santa's gift for them is love.'

.   .   .

There was a change on the screen. Tramps appeared. They had finished dinner and then they were drinking coffee. One of them looked under the tray. Everybody remembered the paper under the trays and read it: "We need volunteers for wild lands. For now, the owner will provide food and a place to sleep. As soon as the land is productive, we'll need workers and provide a salary, contract and social security."

'He's such an opportunist,' said one of them maliciously.

'I do not care,' said another one. 'It's a start. You can do whatever you want, I'll go.'

'And me too.'

'Me too.'

They went to their benches to sleep where... Surprise! There was a good blanket for each one. More than one looked up overjoyed.

'If all goes well, this is the last night of wandering,' they said.

.   .   .

Frederick was sent to the orphanage. The children had finished dinner and they were quiet by waiting for an instruction to stand up. A nun came from the toilet and saw the big Christmas tree with ornaments and gifts everywhere. Frederick, dressed up like Santa Claus, appeared beside the tree.

'Hey, everybody! Come here! Santa Claus has come. There are gifts for everyone.'

The children went to the hall. Frederick-Santa Claus handed out gifts. Each child had a package with his name. When they saw their presents the children's faces were something indescribable: joy, surprise, hope...

'Thanks, Santa. I knew you would come,' they said.

Johnny was an orphaned boy who was very good at music and was very fond of guitar music. He had a guitar. He was so happy, he tried it and he played a Christmas carol... The rest of the children accompanied him singing.

'I have an idea,' said a young nun. 'What if we take candles and sing carols around the town?'

'What a good idea!' said the orphanage headmistress. 'Johnny could practice on his guitar.'

.   .   .

Frederick had to leave his room to go downstairs to open presents. Like other members of his family, he found a package with his name under the tree. He was excited; it was the console game he wanted. The rest of the night was peaceful.

.   .   .

Two days after Christmas, Frederick remembered Maite, The Copycat.

'Genius, have you thought what to do with The Copycat?'

'I will tell you the story of two friends, Jaime and

Jacinto,' said Genius. 'I hope you know how to use it.' Once upon a time there were two kids. They were the same age and were neighbours too. When they were smaller they began to work together. Each only did what he liked. In class they sat together, Jacinto was the leader and he let Jaime copy what he couldn't understand, especially in mathematics. However, in the playground, Jaime was the leader and he always protected poor Jacinto who was very weak and didn't have the courage to face anything. As they grew up, this system worked less and less. One day the maths teacher had different tests for people who sat together. Jaime couldn't copy and failed the exam. Everyone discovered that Jaime had been copying and laughed at him. Jacinto's mother forbade her son to allow Jaime to copy any more. Their problems did not finish there. Jaime fell sick. Some big boys bothered Jacinto and hit him. No one defended him. Jaime's mother asked her son not to defend Jacinto any more. Despite their mothers' concerns, Jaime and Jacinto remained friends and helped each other, although more discreetly. Jaime made an effort to learn mathematics and solve problems. When he was unsure (almost always) he asked his friend Jacinto who explained them with pleasure. The first problems he attempted were almost all wrong, but he persevered and got better with his friend's support. Jacinto also learned to deal with bullies. Normally he did it by himself, but if things got complicated, Jaime gladly lent a hand. Their working together lasted forever. Nothing could ever break their great friendship because they wouldn't allow it.'

The doorbell rang. Frederick looked out of the window. The Copycat was outside with a box of butter-cakes in a plastic bag.

'I have an idea, Genius,' said Frederick. 'Could you print the story you just told me a minute ago?'

'With pleasure,' said Genius.

'One moment,' said Frederick. 'I want to add this note to the story: Study the examples. Solve as many problems you can by yourself, and when you can't do any more, phone me and I'll come to your house. I also need some advice on a drawing from someone artistic like you. See you soon. Frederick.

Maite arrived. Matilda let her in. Frederick did not let her enter his room. He gave her a sealed envelope with the story and the note he had just printed and wrote his phone number on it. Frederick said talked to her.

'Here's everything you need for Maths. I can not help you now because I'm busy on the computer. If you have any questions phone me.'

'Thanks,' said Maite with surprise.

'Goodbye,' said Frederick.

When he saw she was leaving Frederick smiled. "Luckily she didn't take the box of butter-cakes."

The next few days passed and Maite didn't call. The Christmas holidays were finishing when Maite, who was nervous, phoned Frederick one afternoon. She asked lots of questions about maths. It seemed that she had decided to try to work like the boys in the story. Frederick need to go to her house to explain them, and he took his drawing to ask for her advice. It was the beginning of a long friendship.

. . .

A few months later, his friend who lived in the same apartment building as Antonia, the old woman of the broom, told Frederick that she had found a friend, another old lady, in the same apartment building. They went for walks together, they were compassionate, and their lives had changed a lot.

.   .   .

At school there were rumours that Mr. Joseph, the maths teacher, and Mrs. Maruja, the headmistress went home together every evening. Six months later they married. They wouldn't be alone ever again because of Santa's help.

In the beginning, when Frederick met Genius, the boy had doubts. At that moment he was sure: "Genius was good". After the adventures they had lived through that Christmas, their friendship had grown. Nothing would be impossible. There were no limits to their adventures. What did it matter whether they were dreams or reality?

THE END

www.ingramcontent.com/pod-product-compliance
Lightning Source LLC
Chambersburg PA
CBHW061135200626
46817CB00016B/1626